忘卻的思念(完)
05
當風止息時
Misa—著
Izumi—繪

楔子

其實零一直都感覺得到小虎的掙扎。

擁有前世身爲瘟的記憶，要如何歸順於殺害自己的家族？

每一世的瘟死去並轉生後，便會成爲「被選上的人」，貔貅會來到這個被瘟攀附過的靈魂身邊，守護他一世。直到「被選上的人」死去後，貔貅才會回到天界，等待下一個被瘟依附過的靈魂轉世。

貔貅是神獸，具備崇高的地位及強大的能力，並只聽令於轉世的瘟，如今就是小虎。

雖然小虎已經不再是瘟，也依然擁有不弱的靈力，更重要的是，他還有貔貅的保護，因此零一直害怕著。

是的，他一直害怕著——小虎的叛變。

自從獅爺跟著小虎離家那刻起……不，在更早之前，當他奪得兩極，讓兩極誕下嬰孩後，內心便被埋下了不安的種子。

雖然已經輪迴了好幾世，但這是他第一次與「被選上的人」相處，他恐懼著小虎的能力。

於是，他只能用兩極的安危、用這一世的血脈關係來威脅、壓制小虎。

當風止息時 4

就怕小虎發現眞相、就怕小虎奪取當家之位。
因爲零知道，小虎有足夠的能力，以及絕對的動機。
畢竟，小虎愛著兩極。
所以他要快，快點殺了小虎、殺了瘟，奪走兩極。

第一章

封小心翼翼計算好咖啡豆的分量，將之倒入研磨機，深吸一口氣後按下開關。機器開始攪碎咖啡豆，香氣隨即散發而出，但接下來卻突然迸出一連串的怪聲，封嚇得不知如何是好，趕緊把插頭拔掉。

「封葉，又怎麼啦？」小虎從後面的廚房走出來，神情似笑非笑的，手上端著兩盤沙拉。

「那個……我好像忘記加水了。」封裝可愛地吐了吐舌頭。

她實在不太會煮咖啡，對做菜也一竅不通。先前使用虹吸式咖啡壺時，不知道爲什麼就讓裡面裝的水全噴了出來；而前陣子到廚房幫小虎準備餐點時，連切個羅美生菜也能切到手。

雖然小虎總是溫柔地笑著說沒關係，可是任凱總會不屑地數落她：「妳到底有什麼事情能做好？」

這讓她覺得很委屈，雖然她的確笨手笨腳，什麼都做不好，但也不需要對她這麼凶吧！

小虎來到落地窗旁的那桌客人面前，將沙拉送上，兩名女大學生看著小虎露出心花怒放的微笑，直到他走回櫃檯，兩個女孩的目光都還追隨著。

「小虎，你好受歡迎呢。」封垂頭喪氣。

這間咖啡廳是小虎所開設的，封沒有問過資金來源等細節，不過小虎之所以會在這偏遠地區開咖啡廳，目的就是為了保護封。

相傳遠古時代，當世界還是一片混沌時，兩極與瘟沉睡於混沌之中，隨著盤古開天闢地，兩極與瘟也流落到人世；而後女媧以兩極當作容器，盛裝了黃河之水，捏製出人類，兩極從此成為人類的一部分。

瘟因為感受到兩極的存在而甦醒，於是也攀附在人類的靈魂上，世世代代追尋著兩極。

各界皆渴求兩極的強大力量，但是若兩極與瘟相遇，便會遭到各方追殺。兩極與瘟注定相戀，也注定帶來毀滅，相傳兩人結合所誕下的愛的結晶，便是混沌。

因此，背負著可能讓世界再次陷入混沌的罪名，這一世的兩極與瘟，也就是封與任凱，一次又一次遭受攻擊。

而小虎是上一世的瘟，一直極力想保護封，除了為彌補上輩子沒能守護好兩極的遺憾，也是由於對兩極懷抱深切的愛戀。

所以，只要能看著封，就算她只是在叨念自己與機器八字犯沖這種小事，小虎的嘴角也依舊浮現笑意。還能共享這樣的平凡日常，就已經是最幸福的事情。

上輩子他能力不足，慘死在兩極面前，讓兩極獨自受盡折磨，這輩子他說什麼都不能讓歷史重演。

咖啡廳的木門被推開，風鈴發出清脆聲響，一個高大魁梧的男人站在那裡。面無表情的他氣勢逼人，讓幾位客人流露出害怕的神情。

「獅爺。」小虎臉色一沉。

獅爺的出現瞬間將他從這小小的幸福裡拉出來，並提醒了他，今世生在零派，即便不願，他也逃不過血脈相連的宿命。

獅爺對小虎點了個頭，看了封一眼，接著關上門走向櫃檯。客人們發現似乎是店主認識的人後，頓時放心下來，繼續享用餐點順便偷偷注意小虎。

「怎麼樣了？」小虎幫封處理著被她弄得亂七八糟的研磨機，獅爺則站在櫃檯邊看著封，似乎在顧慮什麼。

「沒關係，我和封葉之間沒有祕密。」察覺到獅爺的遲疑，小虎隨即表示，並朝封露出溫柔的笑容。

封覺得小虎的微笑令她十分懷念，卻不明白這種感受從何而來。

而聽到這番話，獅爺不禁在內心嘆息。他不知道這個曾經身爲瘟的少年有沒有發現，自己看著今世兩極的眼神越來越不一樣了。

即便小虎很清楚封葉已經不是他前世所愛之人，但相同的靈魂，依舊令他越陷越深。

獅家歷代肩負著輔佐零派當家的使命，由於目前獅家還是由獅爺的父親所領導，因此獅爺被派到「被選上的人」——也就是小虎身邊。

他從小便聽過兩極與瘟的故事，以爲這不過是傳說，兩極和瘟就是被利用的工具；但是，當親眼見到小虎後，瘟在他心中的形象具體化了，這令獅爺感到強烈的違和，開始懷疑自己原先的認知。

他幾乎是和小虎一起成長，看著小虎那與稚嫩外表不符的超齡眼神，看著小虎時常仰望天空的模樣，看著小虎屢次與零比試卻慘敗的不甘心。

於是獅爺逐漸覺得，兩極與瘟，也只是人類。

當他把這個想法告訴父親時，換來了一頓怒斥與痛打，那時的他年僅八歲。

「記住，兩極與瘟是披著人皮的怪物！」他的父親吼著，「就連被選上的人也曾是怪物！」

然而，在獅爺目睹父親與零討論如何找到兩極，而零提起許久之前他曾經率領眾人追殺兩極與瘟，還一副沾沾自喜的模樣後，他頓時覺得父親與零才是怪物。

「獅爺，跟我走吧。」

十二歲的小虎乘著貔貅，淡淡地對擋住前方去路的獅爺說。

那是個月明星稀的夜晚，瑩白月光灑落而下，彷彿將小虎包圍，令他沐浴在銀色光芒之中。

眼前的小虎，只是個背負了太多憂愁與傷痛的人類。

而在房裡討論怎樣獵殺兩極的父親與零，是怪物。

所以獅爺沒有多想，就這麼跳上貔貅的背，跟著小虎離開了零派大宅。

他跟隨小虎離開，對獅家來說當然是奇恥大辱，嚴格來說更稱得上是背叛，然而零並不在意。

「隨他去吧。現在已經是文明的社會，以前那套追捕兩極的方法已經不適用了。」

零坐在緣廊邊，看著天上的明月勾起微笑。

雖然現代社會越來越便利之餘，人心也越來越複雜。

即使離開了零派，獅爺仍被父親要求隨時回報小虎的動向，並警告他零有不可質疑的力量，要小虎別動歪腦筋。

「你該記得，我們效忠的是零派當家，不是被選上的人，別搞錯你的主子，否則就算你是我兒子也絕不輕饒！」

於是，獅爺在合理範圍內將任何事呈報給零，同時零偶爾也會提供一些情報，雖然小虎總是嗤之以鼻。

跟在小虎身邊多年，除了看出小虎對兩極餘情未了以外，獅爺並未察覺到小虎有任何意圖反叛的念頭。

不過就算有，他也不打算回報給零。

「獅爺，怎麼了嗎？」封歪頭看著似乎在發呆的獅爺，獅爺總是面無表情，所以封無法確定他是否真的在發呆。

「兩極小姐……」獅爺欲言又止，在看見小虎的眼神後，將本來想說的話吞了回去。

「其實不用叫我兩極小姐，叫我封葉或是封都可以，這樣我比較習慣。」封傻呼呼地笑著。

「請讓我稱呼您爲小姐吧。」獅爺堅持。要是連這層有禮卻略顯疏離的稱呼都捨棄，那麼他會更無法將兩極當作容器。

聽見獅爺的反應，小虎只是淡淡一瞥。每個人都有各自的難處，他不會強求獅爺選擇站在封這邊，他只知道，自己絕對會豁出性命保護兩極。

「話說回來，任凱呢？」小虎轉身從抽屜裡取出咖啡豆，徐徐倒入研磨機，這一次沒有再出差錯，咖啡的香氣飄散在空氣中。

「學長他說要先處理完一些事情才會過來。」封輕輕嘆氣。

她的特殊身分帶來一連串的不幸，先是害死了林沛亞，又讓李佳惠因嫉妒而被般若利用，最後連喬子宥也被逼到崩潰邊緣。封不敢想像如果自己還待在「正常世界」，身邊的人又會發生什麼事情，所以她告別了養父母，離開自小成長的地方，決心面對自己的命運。

而任凱前幾天讓獅爺消除了任家所有人的記憶，包括任馨也遺忘了一切，他們不再記得任凱，他存在過的痕跡全部被任炎所取代。

他們都害怕自己的家人遭到波及，不過唯有阿谷並未被消去記憶，任凱今天就是去與阿谷告別。

「等任凱回來後，我有話跟你們兩個說。」小虎開口。
「是很嚴肅的事情嗎？」看著他的表情，封有些不安。
「算是吧。」小虎微笑，想讓封葉放心。
「什麼事情很嚴肅？」木門再次被打開，坐在落地窗邊的女大學生們不約而同驚呼一聲。進來的這個少年和小虎一樣是位帥哥，濃眉大眼的，配合那放浪不羈的叛逆眼神更是英氣逼人。
「學長！」封探出頭，對任凱展露笑顏。
任凱將安全帽放在一旁的空位上，回以略顯寵溺的笑容，走向吧檯。
小虎朝獅爺點頭，獅爺隨即會意，走到門邊將木門打開，然後轉身朝店裡喊：「今日提早結束營業，所有餐點皆不收費。」
店內的女孩們不禁一陣抱怨，怎麼難得兩個帥哥都在，卻要趕人？可是面對雄壯威武的獅爺，大家敢怒不敢言，只能乖乖起身。
所有客人都離開後，獅爺將木門關上，店內頓時只剩下他們四人，小虎一如往常布下結界。
任凱感受著空氣中的變化，他所帶來的「隨從」全都在窗邊待命。小虎瞥了一眼，淡然問：「來我這還帶保鏢？」
「以防萬一。」任凱滿不在乎地笑。
「能有什麼萬一？你信不過我？」小虎看向那些鬼魂，其中一個甚至是死於意外的厲鬼，從能力覺醒至今不過一個月，任凱已經強大得能操縱厲鬼了。

「我說過，我從頭到尾都很懷疑你的動機。」任凱毫不掩飾敵意，「花栗鼠，過來。」

「什麼啦，你們不要吵架……」封無奈地看著兩人，但還是從櫃檯走出，來到任凱身邊。

小虎蹙了蹙眉，看著封自然地朝任凱而去的背影，內心著實不快。

而見封如此聽話，任凱露出滿意的微笑，並伸手將封拉過來。

「乖乖待在我身邊。」

「吼，你自己明明都亂跑……呃好，我閉嘴不說話，可以嗎？」見任凱威嚇似的斜眼看過來，封趕緊舉雙手投降。

她就是拿任凱沒輒！

「這麼多日子以來，難道我所做的還不足以讓你信任我？哪怕一點點也沒有？」小虎苦笑。

任凱輕哼一聲，目光迅速掃過四周，最後停在依然擋在門口的獅爺身上。他知道，獅爺是在防備外頭那些聽令於他的鬼魂擅闖進來。

「今天九夜沒來？」

任凱此話一出，小虎立刻皺緊眉頭。

「爲什麼這樣說？」

「別當我不知道。你收留我們的目的究竟是什麼？為什麼第一次來我就聞到有彼岸花的味道？況且你終究是零派的人，誰知道你是不是戴著面具接近我們，佯裝提供協助，最後還是要殺了我們？」任凱一口氣提出所有疑慮，但還是有些話沒說出口，例如——你是不是愛著封葉。

小虎先是一愣，接著露出讚賞的微笑，隨後甚至大笑起來。任凱沒料到小虎會是這樣的反應，氣燄頓時消了一半，而封拉著任凱的衣角，完全搞不清楚到底發生了什麼事。

「都先坐下吧，站著不好說話。任凱，我知道你對我有所懷疑，這是好事，但你要記得我跟你有個共同的目標，就是保護封葉，所以我們的敵人不是彼此。」小虎走出櫃檯來到桌邊，盯著任凱，神情無比認真。

「那我們的敵人是誰？任何想殺兩極與瘟的人嗎？」任凱牽起封的手，也來到桌旁。

兩人交握的手令小虎覺得有些刺眼，他移開視線，率先坐下，並示意兩人也坐下來。

「這就是我要說的，所謂嚴肅的事情。」

任凱猶豫了一會兒，拉開椅子落坐，封卻歪頭問：「要談事情是不是該配茶點呀？」

「妳真的是……」任凱忍不住翻白眼。

小虎則是笑出了聲，「是啊，是該來些茶點。」

茶點上桌後，封用小虎送給她的白瓷杯喝著伯爵奶茶，同時睜大眼睛看著兩個男孩，一副狀況外的樣子，彷彿現在要談論的事與她無關。

「你第一次來這間咖啡廳，就聞到了彼岸花的味道？」

任凱點頭，「所以我一直以來都不信任你。」

「九夜的確來找過我，她向我提議了一件事。」

「什麼事情？」封好奇地問。

「九夜不是人類，你們有發覺嗎？」

「嗯，多多少少……」封點點頭。連她都可以察覺到九夜不是人類，可想而知任凱更不可能沒發現。

「很久以前，她曾是某世兩極的姊姊，我不清楚當初發生過什麼，也不知道她為何會成為半妖，但她只想保護兩極，哪怕只有這輩子，她也希望兩極能好好過完人生。」

封對此並不太意外，這樣一切都說得通了，像是為什麼九夜要把她藏起來、為什麼協助她平安成長卻從來不現身、為什麼背地裡保護她可又保持距離，一切都是因為許久以前，他們曾是一家人。

她的眼神黯淡下來，「然而我一點也記不得她……」

封的神情令小虎心痛。連曾經深愛過的人都不記得了，又怎麼會記得好幾輩子前的姊姊呢？

「所以，九夜不是敵人？」任凱皺眉。

「是，也許你難以置信……」

「不，我相信。」任凱打斷小虎的話。

仔細回想，九夜確實沒有傷害過他們，雖然舉止有些詭異，不過每次出現都幫助了他們。

「那她過來找你有什麼用意？」

「她提出了能夠保護封葉的方法。」

封瞪大眼睛，手中的白瓷杯差點滑落。

有免於被追殺的方法嗎？

他們的未來有希望了嗎？

「什麼方法？」任凱握著封的手收緊。

「將封葉帶回零派，讓各界知道兩極已歸屬零派。」

任凱驀地站起身，外面的鬼魅突破小虎的結界闖進來，將任凱與封團團圍住，其中厲鬼更是張嘴衝向小虎，而獅爺以迅雷不及掩耳的速度自衣襟內側抽出符咒，準確地射中厲鬼，厲鬼發出尖叫聲，但受到控制的他依然衝向小虎。

小虎不疾不徐地後退一步，身後空間扭曲，一隻巨獸從其中躍出，貔貅發出震天吼叫，讓厲鬼差點魂飛魄散。

「等等，不要打架！」封喊著，使出強勁的風將貔貅吹退一步，貔貅不太高興地低吼一聲，瞥了眼封。

「哇……對不起，可是等一下啦，爲什麼忽然打起架了……」封抓緊任凱的衣角，目光在彼此對峙的兩人身上打轉，一邊的獅爺則戒慎恐懼地手持符咒。她不明白場面爲何會變成如此，剛剛不是還好好的嗎？

「所以你的目的還是要將封帶回你的家族！」任凱瞪著小虎，咖啡廳外又倏地冒出許多被操控的鬼魂。

小虎左右張望一眼，順了順貔貅的毛，搖搖頭。「回去吧。」

貔貅用鼻子輕哼，回到扭曲的空間前再次瞪了封一眼，封整個人縮了下，躲到任凱身後。

「耐心點聽我說完。」小虎高舉雙手表示自己沒有惡意，並示意獅爺收起手中的符咒，「別那麼緊張。」

但獅爺不願聽令，甚至還向前一步，任凱警戒地再度控制厲鬼衝向獅爺，符咒又一次落到厲鬼身上，厲鬼發出淒厲的慘叫，不過仍痛苦地想要進行攻擊；此時，任凱喚來另一個鬼魂，獅爺措手不及，被抓傷了肩膀，他悶哼一聲，小虎隨即迅速來到任凱跟前。

「別想傷害我的人。」小虎的雙眼由漆黑轉爲淡灰，銀白色的頭髮也散發出點點光芒。

「終於要露出眞面目了嗎？」任凱一笑，大批鬼魂同時從外湧入，小虎也再次扭曲空間，打算喚出貔貅。

「全部給我住手，你們這些白痴！」封突然大叫出聲，一陣颶風捲走了所有鬼魂，但沒有傷害到他們，而小虎和獅爺被風吹得飛向牆壁，任凱也沒能倖免。整間咖啡廳裡的擺設被掃得亂七八糟，桌椅和各類鍋碗瓢盆不斷砸向三人。

「好了好了，快停下來啊！」小虎難得驚慌地喊。

「花栗鼠，已經夠了，妳冷靜點！」任凱也跟著喊。

「喔，你們冷靜下來了嗎？」屋內的風瞬間停止，封吐吐舌頭，歪頭問著狼狽至極的三個男人。

「……妳有辦法用風把東西歸位嗎？」任凱的頭髮已經被吹成爆炸頭，一臉無奈地環顧凌亂的咖啡廳。

「我想應該沒有辦法。」小虎現在的髮型像極了鰲拜，他忽然笑了起來，對任凱說：「不過你可以指揮鬼魂幫忙整理。」

「他們沒辦法拿起物品吧。」獅爺就像頭狼狽的獅子，「除非是道行高深的鬼，但把他們叫來整理東西也太過浪費。」

「哇，我第一次聽到獅爺說這麼多話呢！」封嘿嘿笑了兩聲，將一頭長髮綁起來，「我們一起來整理吧！」

三個大男人面面相覷。看來，最不能惹的是眼前這個嬌小的女孩。

於是眾人合力將咖啡廳恢復原狀，小虎重新準備了茶點，「我們這次可以冷靜地對談嗎？」

任凱看了封一眼，封像隻小動物般淚眼汪汪的，他只得點頭。

「九夜的意思是，一旦各界知道兩極已成爲零派的所有物，那麼就不會再來搶奪兩極。」

「我有一個問題。」封忽然插嘴，「就算兩極成爲某個派系的所有物，但其他人或鬼怪還是可以搶奪的不是嗎？而且就算兩極與瘟相愛，只要殺掉瘟還是能得到兩極，爲什麼大家會選擇兩個人都殺呢？」

「這點我好像從來沒有解釋過……」小虎苦澀一笑，猶豫著該不該回答。

「說吧。」任凱嘆氣。

「……兩極必須是處子之身才擁有讓妖怪增強力量的能力，並且也只有產下的第一胎才能夠令家族興旺，可若兩極與瘟相遇之後，強烈的愛意會使兩人不想分開，所以……」小虎聳聳肩。

這些話讓封紅透了臉。

「就算跟瘟相愛……也不見得就會……肌、肌膚相親……」後面那四個字她說得很小聲，還一邊偷瞄任凱。

「以防萬一，寧可錯殺。」小虎神情無奈。

「大家都說兩極與瘟注定相愛，那要是某世瘟沒有出現，兩極會愛上別人嗎？」封又問。

「如果那世沒有瘟，兩極也不會愛上其他人。」小虎篤定地搖頭。雖然他只是某一世的瘟，但在零派成長，讓他聽聞了很多關於兩極的佚事。

「眞是無稽之談。」任凱雖語帶不悅，發紅的臉頰卻出賣了他的心情。

「讓兩極待在零派可以保證一生無恙。」小虎停頓了一下，「但有些話，說出來也許太過殘忍。」

「還有什麼會比取走性命更加殘忍？」任凱嘲諷。

「生下孩子後，兩極會成爲眞正的容器。」小虎對上任凱的目光，「也就是說，兩極被人類奪走的話，會被迫誕下能夠振興家族的子嗣，兩極本身則會因此成爲沒有思考能力的人偶。而若兩極懷了瘟的孩子，將依舊保有能力和神智，可是腹裡的孩子有可能會是混沌，帶來世界末日，所以不管怎樣，兩極都只有保持處子之身才最有利，一旦有了孩子便不會有好下場。」無論是失去神智，或是生命。

「說、說得我好像已經怎樣……」封摀住自己的臉。天啊，這到底是在討論什麼害羞的話題啦！

「花栗鼠，妳可以冷靜點嗎？」任凱只差沒有翻白眼。「她歸順零派的話，歷史不就重演了？」

「所以九夜建議，讓零派換個當家。」

當小虎說出此話時，獅爺的身軀明顯抽動了一下，他緊皺眉頭，上前詢問。

「您……此話當眞？」

「是否爲眞，要看瘟與兩極的決定。」小虎往後靠到椅背上，「你可以自己決定是否協助我，你有你該遵守的家規，我能理解。」

獅爺咬緊牙關，退回原處，顯得全身緊繃。

「這是什麼意思？」見到獅爺的反應，封察覺事情似乎不太對。

「你要奪位？就爲了保護封？」任凱瞇起眼睛。

「零的能力深不可測，但如果你們願意與我合作，再加上九夜的力量，我想並不是沒有可能成功。」小虎說得輕描淡寫，「這是唯一能保護封的方法，我成爲當家之後，你們便能待在零派接受庇護，安然度過餘生。」

封瞪大眼睛。自己能活下來了？

他們不會再遇到那些亂七八糟的事情了？

這、這是大好機會呀！

封立刻抓住任凱的手，「學長，這麼好的提議還猶豫什麼！不會再被追殺，也不會讓別人受到傷害，這樣的話……」

「先冷靜一點，如果可以，請妳閉嘴五分鐘。」任凱捏了捏封的臉頰。

「好痛！」封忍不住痛呼，明明都兩情相悅了，任凱對她還是一點也不溫柔。

「我不會被你的話欺騙。若你成爲零派當家，的確將有權力與更好的方法可以保護封葉……」任凱刻意只強調封，他不會笨到以爲小虎沒有其他居心。「然而你的族人又怎麼會同意你不與兩極生下孩子？」

「到時候我會有辦法的。」小虎扯出一個微笑。

「你的族人不可能接受兩極與瘟待在零派，卻不受拘束。」任凱重申。

「總比讓零得到兩極好吧？零對待兩極的方式就如我說的那樣，而我不會傷害封，也不會強迫她做她不想做的事。」小虎拐了個彎表達自己的決心。

任凱依舊不相信小虎，不過他相信小虎愛著封的心，相信小虎不會爲難封的那份眞誠。

「……我知道了。」

「那，你是同意了？」

任凱再次捏捏封的臉，「這隻花栗鼠和零比起來，誰的力量更強大？」

「很難說，要看我們這邊有多少人。」小虎微笑。

以前只有瘟與兩極並肩奮戰，他們從來沒有這麼多幫手，如今即使只多了兩個人，也是一大助力。

第二章

天上明月依舊，兩極對日月星辰的影響力似乎減弱了些，也許是由於瘟的覺醒，令其稍稍穩定下來。

不過世界各處仍然不平靜，天災不斷、戰爭綿延，人心極度浮動，衝突爆發的頻繁程度難以估量。

位於小巷內的咖啡廳到了夜晚格外幽靜，小虎閉眼站在店門前，月光灑落在他身上，後方陰影處走出一人，彷彿已經在那裡待了許久。

「獅爺。」他連眼睛都沒有睜開，便可以想像這名魁梧的男人臉上的表情會有多凝重，內心會有多糾結。

「您這樣……令我很爲難。」獅爺沙啞地開口。

「難道你寧願不知道？」小虎仍然沒有張開眼睛。

「您願意告訴我，是表示您信任我，但獅家對零派有責任。」

「我知道，獅家歷代對零派忠心耿耿，但你們是忠於零派，還是忠於零這個人，這可要弄清楚。」小虎睜眼，淡褐色的雙眼如玻璃珠般，「只要我成爲當家，你依舊是效忠著零派。」

零派當家死去後，將會再度投胎轉生至零派，因此從古至今，零一直都是同一個靈魂，擁有好幾輩子的記憶。零從何時開始存在，不得而知，然而至少已經活了千年之久。

「您打算如何推翻？」

「在我這一世別讓零轉生即可，只求封活著的這幾十年間，能夠讓她得到短暫的平靜。」小虎垂下目光。

這意味著，推翻零之後，他們還必須殺掉無數嬰孩以防止零轉世。

「您做得到？」

「只要是爲了兩極。」小虎揚起嘴角，雙眼恢復成漆黑，「所以獅爺，如果你想回去，我不會阻攔你。」

獅爺沉默。他早已做出決定，事實上，在跟隨小虎離開零派的那個夜晚，他便做了選擇。

他單膝跪下，恭敬地將雙手擺於胸前，低頭對自己的主人宣誓效忠。

「我是您的左右手，永遠追隨您。」

小虎微笑，抬頭看了看天空，一彈手指，貔貅從他身後出現。

「你知道我的想法了吧？」小虎問，貔貅只是甩甩尾巴。

「關鍵時刻，你會幫助我嗎？」

貔貅打了個哈欠，一臉無所謂。

「人界死了多少人、活著的人又受了多少罪，你一點也不在乎是吧？」小虎失笑，貔貅瞥了他一眼，再次甩了下尾巴。

「所以，你當然會幫助我。」小虎自行下了定論，看向獅爺，「我不會手下留情的，零派本來就不是我的歸宿，我和他們僅僅只是血脈相連。」

「我明白。」獅爺低下頭。他很清楚未來將要面對的，那是戰爭，即便與親人兵戎相見，也不能手軟。

封看著夜空發呆，想著下午談論的話題。

關於她的宿命，一直以來聽到的都不是好事，不外乎她會毀了世界或是被殺死之類，可是至今她身邊總不乏他人保護，而且地球還是圓的，每天也照常日出日落，她不明白，讓她好好活著對世界會有什麼影響嗎？

「妳還不睡覺？」任凱忽然打開門，嚇得封差點從床上滑下來。

「學長，你怎麼不敲門啦！」她趕緊拉起棉被遮住自己。

「誰會對妳那小孩子身材有興趣。」任凱不屑地說，看著身穿整套粉紅色卡通睡衣的封。

即使經常被這麼說，聽久了還是會生氣的，所以封想也沒想地直接回嘴：

「吼，你不是喜歡我？怎麼可能對喜歡的人沒有興趣啦！」

毒舌慣了的任凱沒料到封會如此反擊，頓時語塞，整張臉紅了起來。

「閉嘴，不檢點！」他砰的一聲關上房門，踩著重重的腳步離開。

「居然罵我不檢點！」封不可置信。她本以爲兩情相悅以後，彼此的相處模式會浪漫些，沒想到根本和之前沒兩樣。

任凱往位於角落的自己房間走去，途中透過窗戶瞥見小虎和獅爺站在店門口，他考慮了一會兒，最後決定下去。

「還有想問的嗎？」

任凱才剛推開店門，小虎便開口，對於他的出現似乎一點也不感到訝異。

「我只想確認一件事情。你愛著封葉，對吧？」任凱直截了當地問。

小虎挑起一邊眉毛，獅爺則微微欠身，雙眼緊盯著任凱。

「我不否認。」

「所以你說要保護封不是騙人的，你也的確不會強迫她變成容器。」

「是。」

「但是……零派裡不會有我的位置，當你得到想要的一切，只需要除掉我便成了。」任凱瞇起眼睛。

小虎的笑容僵在嘴邊，他沒料到任凱會如此直接。「我從沒想過這種事。」

「這點我就不信了。」

「既然封葉愛你，我就不可能奪她所愛。」小虎勾起嘴角，「不過我也老實告訴你，也許別人跟我的想法並不同。」

面對小虎的坦誠，任凱只是輕蔑地笑。能夠使鬼的他，還有什麼東西是必須害怕的？

「反正首要任務是幫助你奪得當家的位置，之後的事情之後再說。」

「是的。」

兩人在月光下對視，接著任凱率先伸出手，小虎打量了一下，也伸出手和任凱交握。

前世的瘟，與現世的瘟，都只有一個目的，便是保護兩極。

漆黑的通道裡閃爍著橘、紅以及銀白的點點光芒，若是沿著通道走到出口就會發現，一路走來彷彿穿過了時光隧道，眼前所見的村落全是舊時日式建築。

充滿和風氛圍的宅邸內，阿滿端著盆花走向其中一間和室，拉門自動左右敞開，有名皮膚白皙的女人慵懶地半坐在檜木浴桶中，全身浸泡在灑滿玫瑰花瓣的溫熱水裡，旁邊的桌上擺放著各色和菓子，還有一盅填滿人類眼珠的甜點。

「紅葉小姐，這花就幫您放在這裡了。」阿滿正坐於榻榻米上，朝紅葉行禮。

「喲，是誰送的？我有幾百年沒收過花啦。」

「是虎送的。」

聞言，紅葉坐直身子，看著以彼岸花爲主體的盆花，鮮豔的紅唇勾起媚笑。

「哎呀，哎呀哎呀，這意思是……」

「虎什麼也沒說，但想必八九不離十。」阿滿微微一笑。

紅葉從浴桶中起身，身旁飛舞的繽紛彩蝶隨即幻化成兩名侍女，爲她披上大紅浴袍。

她玩味地看著彼岸花，「我們能得到什麼？」

阿滿從振袖裡取出一朵外觀奇特的花，亮橙色的花萼片片散開，猶如展翼的天堂鳥，而三枚紫藍色花瓣就像鳥喙，在一片鮮橘中格外奪目。

紅葉見了，瞪圓眼睛，隨後大笑起來。她很久沒有這麼開心了。

「天堂鳥花啊……我們這裡還比較接近地獄呢，虎離開零派這些年，看來變得幽默許多了呢。」紅葉接過阿滿手中的花，那花瞬間枯萎，化爲塵埃，在她的手中消散。

天堂鳥花的花語是「自由」，鬼女所盼望的，便是擺脫可恨人類的控制，而小虎給予的承諾正是自由。

「但我們受契約所制……」阿滿提出癥結，面露不悅。

「任何契約都有漏洞，再堅固的牆壁也有細縫。」紅葉巧笑倩兮，看著豔紅的彼岸花，她已經明白他們的盟友是誰。

反叛的時機到了。

一大清早，封就被外頭的鳥鳴聲及陽光喚醒，她在床上伸了個懶腰，坐起身向外張望。

來到小虎的咖啡廳已經半個月，她完全沒有遇見任何鬼怪，也沒有遭受襲擊，這樣平凡的日子，對如今的她來說是多麼奢侈。不過她知道自己無法永遠過著安穩的生活，就算再遲鈍，她也明白大戰一觸即發。

梳洗完畢後，封來到樓下的店面，小虎已經張羅好開店的一切，彷彿知道她會在這時候起床一樣，連早餐也正巧剛端上桌。

「早安呀。」封有精神地打招呼。

小虎朝她微笑，為她拉開椅子。「早安，睡得好嗎？」

「每天都睡得很好啊，精神也很好。」封笑著，看著滿桌的早點，中西式一應俱全，還有多種果醬可以搭配，她不禁眼睛一亮，馬上動手取用。

小虎拉開封對面的椅子落坐，看著她大口吃下食物的模樣，覺得內心某處似乎被填滿了。雖然封和前世的兩極——櫻，長得一點也不像，然而靈魂依舊相同。

若說愛情不會受性別、外表、年齡影響，那人們愛著的，便是對方的靈魂了。兩極是受瘟所吸引，而瘟是攀附於人類靈魂的無形之物，可是被攀附的靈魂何其無辜？因此深愛著兩極，如同詛咒。

兩極尋找著瘟、瘟也尋找著兩極，與人類的靈魂融合了太長的歲月，他們似乎再也無法脫離人的軀殼，如此悲劇只會不斷重演。

「你不吃嗎？」狼吞虎嚥的封發現小虎只是注視著自己，有些難為情地開口。

「我吃過了，妳吃就好。」小虎溫柔地回應。

「那我就不客氣嘍。」封開心地說，明明最近使風的機會不多，她的食量依舊完全沒減少。

小虎便這樣靜靜看著封大快朵頤，臉上始終帶著淺淺的笑意。

吃得差不多後，封才不好意思地對小虎說：「唉唷，被你這樣盯著，我會很不好意思呢。」

「在我面前，妳可以儘管做自己。」

聞言，封頓了下。小虎總是無條件對她溫柔、包容著她，而她也總是理所當然接受他的好。

「爲什麼你會願意爲我做這麼多呢？」

小虎微微一愣，很快恢復如常的表情，「妳只要接受就好，我心甘情願。」

「反叛這件事說得簡單，可是你的家人和親戚們該怎麼辦？」

小虎的神情變得嚴肅，「我從離開零派的那天起，就是孤身一人。」

「獅爺呢？」封又問。

「獅爺他也會做好心理準備，當然，我不會勉強他。」

「要怎麼做才能像你這麼淡然？」封苦笑。

「只要有個堅定的目標就可以了。」對小虎來說，除了達到保護封的目的以外，其他的都不重要。

封覺得自己越接近小虎，便越無法了解小虎。

即使小虎有問必答，但封感覺他總是有意無意地避開某些話題，於是她只好轉而問：「話說回來，我是不是應該多練習怎麼操控風？」

「爲什麼這麼說？」

「因爲……」封東張西望，指了指耳朵，示意可能隔牆有耳。

「不用擔心，這間屋子隨時都有結界保護，雖然布下結界的話，零就有可能知道我們的位置，不過至少能保證絕不會被竊聽。」小虎說。

封這才放心地點點頭，「我們不是就快要……打仗了？這樣我不需要練習一些戰鬥技巧嗎？」

小虎不禁失笑，「老實說，我並沒有打算讓妳參與戰鬥。」這麼做是爲了保護封，他不想冒著讓她受傷的風險。

「妳的能力非常強大，因此還是不可或缺，不過即使不練習，兩極的能力也會逐漸增強，差別只在純熟度。」

「那還是得練習呀。」封咬著下唇，「小虎，我有一件事情想問你。」

「什麼事？」

「那個……」

大門忽然被用力打開，任凱一踏進屋內就拿下安全帽直喊著熱，他大步走到冰櫃前拿出四吋的草莓蛋糕，連盤子和刀叉都沒用便直接吃了起來。

「學長，你好沒規矩。」封皺眉。

「我還不需要妳來教我規矩。」任凱微笑，順便將手上沾到的奶油塗抹到封的臉上。

喔，可惡，就算抹了她滿臉奶油、就算老是對她惡作劇，任凱還是帥到不行！

封忍不住開始懷疑自己的眼光，怎麼就被這個壞男人耍得團團轉？

「小虎，你不應該教我們些什麼嗎？」任凱絲毫沒察覺封的小小心思，注意力早已轉回小虎身上。

「我沒什麼可以教你。」小虎坦白說，畢竟他的力量幾乎都來自貔貅。

「但你準備向零宣戰，總是要有個計畫吧？或是該把九夜叫來一起討論？」任凱追問。要是沒頭沒腦就和零派開戰，即便有再強的力量也只是自投羅網。

「哇！學長，你跟我剛才和小虎說的差不多呢！」封開心拍手。

「是喔，妳好棒。」任凱隨口敷衍，封癟了癟嘴，於是任凱揉了揉她的頭髮。

我又不是小狗！

雖然心裡這樣想，這親暱的舉動還是讓封覺得很開心。

「我問你，你有多少把握可以取勝？」任凱看著小虎問。

小虎用食指關節輕敲著桌面，「目前……」才剛開口，他的視線忽然被窗外的彩蝶所吸引，色彩斑斕的蝴蝶停在窗邊的盆栽上，忽然變成一株小小的紫色藿香薊，接著瞬間消散。

小虎勾起微笑，明白這是鬼女的答覆。

「百分之五十。」

「才五十！」封驚呼，她沒想到成功率會只有一半。

「五十也夠了。你剛才在看什麼？」任凱注意到了小虎的視線方向。

「即使你們很強，還是小心爲上。我找了幫手，剛才收到了答覆。」

藿香薊的花語是信賴，代表鬼女一族願意站在他們這邊，不過小虎明白，她們只會在最後關頭出手。

鬼女效忠於零，而這個「零」指的是零派當家。

當小虎即將手握大權的那刻，鬼女一族便會趁機壓制零，殺他個措手不及。

「所以，我們還是要練習能力比較保險對不對？」封食指對著食指點啊點的。

「當然，不練習怎麼知道能力到什麼程度。」

「可是剛才小虎說，就算不特別練習，我們的能力也會一直提昇，只是差在純熟度……」

「純熟度也很重要啊。」任凱敲了下封的額頭，奶油因此沾上她的頭髮。

「吼！學長！」

「哈哈！」

封突然安靜下來，自從他們來到這裡後，這還是她第一次看見任凱露出這樣單純的笑容。

見到封的表情，任凱頓時覺得有些彆扭，於是轉移話題：「總不能每天悠閒地待在咖啡廳吧？」

「嗯，你說的沒錯，還是該練習一下比較好。至於九夜，我想她會自己現身的。」小虎思忖著，即便兩極和瘟在練習如何使用能力這件事傳到零的耳中，也能解釋成是因為他想保護兩極，所以希望她能夠熟練地使用能力。

預謀反叛之事應該不會如此輕易曝光。

三人來到某處山林中的河邊，兩極與瘟以及被選上的人出現，令妖怪們騷動起來，但大多只敢在遠處窺伺，不敢靠近。

他們低語著：快把強大的妖怪叫過來，一同分食兩極吧……

小虎一個彈指，足以威懾眾妖的神獸從他的背後出現，貔貅怒吼一聲，較弱小的妖怪們在牠的吼聲中被震得灰飛煙滅，其他小妖則立刻拔腿逃離，只剩下一些比較大膽、能力勉強上得了檯面的妖怪還留在原地。

「只要不傷害我們，我就不傷害你們，我在你們叫來大妖怪前，便能滅了你們。」小虎頭也沒回，微笑著警告所有妖物。

「被選上的人為何要幫助兩極？」一名樹妖懷疑地問。

「難道零派已經擁有兩極？」山妖猜測。

「不可能，瘟還活著。」鼠精反駁。

「別瞎猜，但零派擁有兩極是遲早的事情。」小虎這句話是說給眾妖聽，也是說給零聽，他知道零會聽見的。

所有妖怪再次低聲議論，林間頓時嗡嗡作響，任凱感到厭煩，放出了幾名鬼魂將小妖們撕碎，而封雖然不想傷害任何生命，不過也使出風趕走還不肯離去的妖怪們。

周遭總算清淨了些，於是兩人展開練習。

練習的方式很簡單，首先他們要測試自己的極限在哪，還有反應速度有多快，以及身體的敏捷度。

封有個致命的弱點，便是無法同時使用兩種不同效果的風，若她想治療別人，使出的風就只有治癒能力，當她想攻擊鬼或妖時，風才具有傷害的能力。

而她的風無法傷到人類，頂多只能將人吹飛，但目前還不知道最多能一次吹走多少人。

「至少那天能一口氣吹起我們三個。」想起之前的事，小虎不由得笑了出來。

「喔，那時候我太生氣了啦……」封有些不好意思。

「或許妳可以練習把人吹到有鬼在的地方，讓我的鬼解決那些人。」任凱說，封卻皺眉。

「我們應該不用眞的傷害那些人類，對吧？」

小虎和任凱互看一眼，任凱嘆了口氣：「妳到底有多天眞？哪有戰爭不流血的。」

「可是……他們是人類啊……」

「妳以前也被人類殺死過。」小虎冷聲說。

「這……」封被他驟變的表情嚇到了。

「而且嚴格來說，妳和任凱也不太算人類，不是嗎？」小虎恢復往昔的笑容，拍了一下手，「死傷不可避免，絕對不要心軟，妳一心軟，死的就會是妳。」

見封似乎仍未被說服，小虎補上一句：「或是任凱。」

「不要！學長不可以死！」封立刻大喊。

「我不會死啦！」封激烈的反應讓任凱有點感動，又不好意思表現出來，只能吼回去掩飾。

「所以，不要心軟。」當年小虎和櫻都沒有留情，卻依舊死於各界追殺之下。

「我知道了……」封點點頭，在心裡告訴自己，就算不爲了自身安全，也要考慮到任凱。

而貔貅在一旁午睡，絲毫不在乎這些。

任凱現在的極限是一次控制三十個左右的鬼魂，而如果其中有厲鬼，便大概只能控制二十五個。

在厲鬼之上還有成魔的鬼魂存在，魔非常難以控制，但能力強大到連妖怪都能夠傷害。

「別妄想控制魔，就我所知，歷代的瘟都沒有成功過。」見任凱顯然在亂打主意，小虎出言警告。

「一個都沒有？」

「一個都沒有。魔是很高階的物種，且自我意識強烈，他們甚至不會去爭奪兩極。」無論是在前世還是今世，小虎都沒有見過魔。

「是啊，學長，不要想走捷徑，努力增加能夠控制的數量比較實際吧。」旁邊的封已經流了滿身汗，光只是試圖使出兩種不同效果的風，就讓她耗費了不少力氣。

「那妳也是啊，與其在那邊想辦法發展新能力，不如好好練習原有的能力。」任凱回嘴。

「我們沒有太多時間，不過今天只是開始訓練的第一天，別把自己逼得太緊。」小虎提醒。

他們又練習了幾個小時，直到封精疲力盡快要暈倒的時候，小虎才喊停。

期間任凱測試著可以控制鬼魂到什麼地步，甚至突發奇想嘗試能否讓鬼帶著自己飛，雖然截至目前都失敗了。不過他可以讓所有鬼魂現形，所以封可以看見所有表情木訥的鬼。

「學長，讓我試一個。」封一臉疲累。

「妳眞的沒問題？不要勉強。」任凱難得態度溫柔。

「封，明天再練吧。」小虎也擔憂地勸說。

「試一個就好。」封擦去額頭的汗水，打量了下任凱所控制的鬼魂中，最瘦小的那名女孩。「那個。」

任凱一擺手，女鬼被控制向前，封隨即揚起一陣風，女鬼見狀想逃，可是她的身體不聽使喚，只能站在原地。任凱皺眉，他隱約可以感受到鬼魂傳來的不安情緒。

封的手往前推，使出的風緩緩朝女鬼過去，女鬼驚慌不已，任凱看見鬼心忽大忽小，導致他有些難以控制。

每個鬼魂的鬼心大小不一，然而只要把鬼心統一固定在同樣大小，像是小時候學寫字時沿著虛線完成一個字那樣，將鬼心的大小調整成與虛線一樣，那就能隨心所欲操控。

所以此刻，任凱正極力控制著女鬼的鬼心，但因爲太專注在特定目標上，導致削弱了對其他鬼魂的掌控力，加上他實在太過疲累，因此在那陣風快要靠近女鬼的時候，所有鬼魂瞬間掙脫了束縛，四散逃開。

「啊！」封驚呼，任凱趕緊想抓回一兩個，卻徒勞無功。

「算了，就讓他們去吧。」小虎在一旁說。

「學長，怎麼回事呀？」封喘著氣。

「看來我需要再加把勁。」任凱無奈地甩甩頭。

「聽我的，今天就到這裡吧，回去好好休息。」

封揉揉眼睛，她已經快要因爲體力透支而睡著。她靠向任凱，任凱也理所當然地扶住她的肩膀。

兩人在不知不覺間親密了許多，只是都沒有自覺。

這天晚上，小虎準備了豐盛的菜色，可是任凱一回房便倒頭大睡，而封使用白瓷杯喝水後恢復了不少體力，因此只有她與小虎共進晚餐。

九夜站在遠處的樹梢上看著這一幕，她的內心從來沒有如此平靜過。

她得到了小虎的答覆與通知，知道鬼女願意協助，她夢寐以求的那天就快到來了。無論是她自己、小虎還是兩極，所有人都終於可以得到安寧。

一直以爲只開在地獄之路的彼岸花，如今似乎也能看見來自天堂的曙光。

遠在幾里外的零搧著扇子，喝了口茶後，起身搖了搖頭。

「什麼事情讓您如此煩心呀？」紅葉妖媚一笑，「不喜歡我帶來的茶葉？」

「一直逃避宿命的虎，怎麼突然會向眾妖宣布兩極終歸零派呢？」

紅葉挑眉，「也許是虎終於認命了。」

「不，我太了解他了。」零回過頭，眼裡沒有半點笑意，「他說的是歸於零派，而不是歸於我。」

「這有差別嗎？」紅葉冷笑，「您不就代表零派？」

「是啊，是啊。」零再次搖頭，走回桌邊將茶杯斟滿，心中依舊懷疑著小虎的動機。

而紅葉也啜了一口茶，嘴角不著痕跡地勾起一絲微笑。

❦

任凱沒有像封那樣的神奇白瓷杯，也不想依靠小虎的力量，所以只能努力鍛鍊體能，讓自己習慣二十四小時控制著鬼魅，將之內化成下意識的本能。他已能控制三十五個鬼，其中包含兩名厲鬼。

「我想問個問題，你平常怎麼有辦法要鬼來就來？」封嘴裡嚼著第三塊三明治，一邊想要為自己添茶。

「到處都有鬼，我可以感應到他們大概在哪裡，只要閉上眼睛就能看見鬼心，在內心操控一下他們就會過來了。」任凱接過封手上的茶壺，幫她倒茶。

「厲鬼的鬼心和一般的鬼有不同嗎？」封又問。

「厲鬼的起伏得比較劇烈。」任凱還沒回答，小虎便自然地接話。

「哇，你眞的什麼都知道呢！」封佩服地看著小虎。

「除了這點以外，顏色也不太一樣。」任凱補充。

「如果看見鬼心逐漸轉爲較淡的顏色，可能就是要變成厲鬼了。」小虎提醒任凱，以防他戰鬥時沒有注意到而被厲鬼反撲，畢竟控制厲鬼所消耗的力量是控制其他鬼魂時的三倍。

「普通的鬼也可能變成厲鬼呀？」封開始吃起灑滿起司粉的義大利麵。

「可以，機率雖然不高，但還是有可能。」

封若有所思地點點頭，而任凱盯著小虎。

「還有其他問題嗎？」察覺到任凱的視線，小虎問。

「沒什麼。」任凱撇過頭。

「這幾天我想了很多方法，但最後還是只有一個方式能讓我們光明正大進入零派大宅，就是假意歸順。」

「你是說，假裝帶著我們回去？」任凱皺眉，「你覺得零會相信嗎？」

「百分之百不會相信，他一定會懷疑我的目的，不過我坦蕩蕩帶著你們回去，他一時也無法出手。」

「那個零這麼厲害啊……」封邊說邊塞了口麵包。

「他是人類嗎？」任凱不禁問。

「當然是人類，只是和一般人比較不同，他保有每一世的記憶。據我所知，他似乎一直都是零派的當家。」

「你是說，他死了之後又投胎回你們家族嗎？像達賴喇嘛那樣？」

「妳的比喻滿貼切的，就是這樣沒錯。」小虎說著，忽然有些在意起一件事。

當他還是嬰兒的時候，曾經聽過母親說「零並不一直是零」。

關於零派歷史的記載只有當家可以閱覽，那些書都收藏在當家房內的倉庫中。小虎從來沒有對那些歷史感到好奇過，這時卻突然有想要了解的衝動。

「那我們今天還是要練習，對吧？」封拍拍肚皮站起身。

「嗯，是啊。」小虎回過神來露出微笑，心裡決定等回到大宅後，再找機會去翻閱。

在這短短幾天的訓練中，任凱與封都有了顯著進步，他們的能力本來就不容小覷，只要掌握了訣竅便能運用自如。

封依然無法同時使出具備兩種效果的風，不過速度上提升許多，能轉瞬於半徑三百公尺的範圍內揚起颶風，也能瞬間將風涵蓋的範圍縮小到局限於自己掌心，越來越得心應手的她逐漸有了自信。

而因爲小虎說一般的鬼也可能轉變成厲鬼，讓任凱有了個想法。如果隨意喚來的厲鬼不好控制，那麼自己養一個厲鬼呢？

「我知道你在想什麼，但別想和異界打交道。」小虎看了一眼在前方練習用風刃切開樹葉的封，走到任凱身旁低聲說。

任凱挑起一邊的眉毛，「你怎麼知道我在想什麼？」

「歷代的瘟當然幾乎都曾想過，既然能夠使鬼，也就能夠養鬼。不過我勸你最好別這麼做，鬼魂在化爲厲鬼的過程中會非常不穩定，而且你知道鬼要怎樣才會變成厲鬼嗎？」

「怎麼樣？」

「殺戮、血腥，以及怨恨。瘟所控制的鬼都具有意識與行動能力，有些鬼記得生前的事情，有些鬼則是記憶模糊。要是讓他們想起生前最怨恨、最不甘心的事，就有可能轉爲厲鬼。」小虎停頓了下，「當然，如果能找到自殺身亡卻沒有變成厲鬼的鬼，這樣會最迅速。」

任凱一面聽著，一面在心中盤算。

「成爲厲鬼的鬼魂容易墮入魔道，因此永不得超生，你確定要這樣對待那些被你利用的鬼？」小虎玩味地看著任凱。

「我才不在乎。」任凱勾起冷笑，那模樣令小虎一愣。

瘟會有這樣的表情嗎？他以前也有過這樣的表情？

「另外，你對瘟的了解是不是太深入了？」

即使對兩極與瘟有研究，小虎所知的還是太多，彷彿親身經歷過這些。

任凱雖然不清楚以往的瘟都是什麼樣的個性，但是他相信瘟不會把鬼心的變化告訴兩極以外的人，這應該是只有兩極與瘟才會知道的情報。

「我的確了解瘟。」小虎的眼神變得遙遠。

「以前的瘟最後都去了哪裡？你說零有每一世的記憶，那曾經的瘟呢？還有之前你說有一天我會明白自己和貔貅的關係，這又是怎麼回事？」

小虎微微一笑。「你覺得是怎麼回事呢，任凱？」

「你……曾經是瘟嗎？」任凱說出一個自己也沒料到的答案，但若真如此，一切就都說得通了，包含小虎身在零派卻選擇幫助他們的不合理在內，全都有了解答。

小虎既沒有否認也沒有承認，只是凝視著封。

任凱握緊拳頭，邁步朝封走去。

「學長，你來得正好，再找來一隻鬼讓我試試看好嗎？」

「妳又要做什麼？上次那些鬼被妳嚇得還不夠嗎？」任凱皺眉，「而且妳身體狀況有比較好了嗎？」

「當然沒問題！」封舉起雙臂，做了個像健美先生的動作，「我沒有打算傷害他們啦。」

封都這麼說了，任凱只能無奈地喚來鬼魅，看著封在掌心凝聚出一小團風。

「不要勉強，花栗鼠，雖然妳的風可以治好自己的傷，受了傷還是會痛。」

「我知道。」任凱的關心讓封感覺有種說不出的彆扭，不過又相當高興，心裡甜滋滋的。

兩人之間充滿粉紅色泡泡，然而被喚來的鬼魅可是害怕得要命，畢竟兩極的風哪怕只是輕輕拂過，都能令他非死即傷。

封揚起的風逐漸擴大，形成一道旋風，慢慢捲至與鬼魂同高，接著她將旋風向上一拋，雙臂往左右展開，旋風的中心眼擴大至和鬼的身軀一般寬；而後封又把旋風拉下來，穩穩當當地罩住鬼魂，強風在鬼的四周旋轉著，卻沒有觸碰到鬼，任凱和小虎見狀都瞪大眼睛，封則心滿意足地呼了口氣。

「看樣子很成功呢。」

「這是什麼？」任凱伸手碰了碰包圍著鬼的旋風。

「我把風控制在鬼魂的身體周圍，妖怪們如果要傷害鬼，必定會先碰到風，於是就變成妖怪們受傷了。」封皺起眉頭，「但對人類沒有效就是了。」

「妳什麼時候想出這方法的？」小虎滿臉不可思議。

「之前就想試試看了，可是鬼好像都很害怕，所以……」封聳聳肩。

「這樣妳要一直留意風與鬼之間的距離，不會很困難嗎？」

「應該沒問題吧，就好像學長可以看見鬼心，風對我來說像是銀色的線，只要專注去拉扯就可以做到。」她將旋風收回到自己的掌心，方才被包覆在裡面的鬼也是一副不敢置信的樣子。

一直以來都如同凶器的風，現在居然變成可以提供保護？

「我要再改良一下，看能不能同時弄出可以傷害人又可以傷害妖怪的風。」封揉了揉眼睛，想抓好距離還是得耗費不少體力，如果要一次保護任凱控制的所有鬼魅，那她必須擁有更好的體能才行。

「妳的風只能吹走人，不能傷害人。」小虎提醒。

「是這樣嗎？」封有些苦惱。

「如果能夠把人吹得很遠的話也可以吧，人再厲害也不會飛。」任凱隨口說，封卻聽得認眞。

「那學長，你讓我試試看好嗎？」

任凱一聽差點沒跌倒，「妳是說，妳要把我吹走？」

「放心啦，學長，在你被吹走的同時，我會趕快放出另一陣風救你，免得你受傷。不過學長，你的鬼跟班們沒有辦法救你嗎？」

「我之前試過讓他們帶我飛看看，雖然沒成功，但也不是不可能。」任凱聳聳肩，言下之意就是現在還辦不到。

「嗯，反正我會救你的。」封點點頭，不過因爲強烈的睡意襲來，所以她沒有拿捏好力道，不小心製造出太強的風，直接把任凱整個人吹飛出去，在空中劃出一道拋物線。

「哎呀，哎呀哎呀……」封趕緊使出輕柔的風追上任凱，希望至少發揮一些緩衝的效果，讓他別摔疼，接著便雙腳一軟往地上倒去。

小虎及時衝過來攙扶，封倒在小虎懷中，與他對望。

「感覺好久沒有這樣……體力不支了。」封無力地笑著，眼睛已經半閉。

「妳已經進步很多了，只是還不太能夠控制，也許過不了多久就不會再有這樣的情況。」

小虎輕柔地撥開貼在封額頭上的髮絲，揚起微笑。

忽然間，封覺得以前彷彿經歷過類似的事。

好像很久很久以前，小虎也曾這樣抱著她、溫柔撫摸她的臉龐。

可是這份記憶十分模糊，像是夢境的一部分似的，讓封有些懷疑。

「想睡了嗎？要不要我先送妳回去？」

封搖搖頭，「我想等學長回來……」

「是嗎？」小虎苦笑。「對了，前陣子妳似乎有什麼事想問我？」

原本快閉上的雙眼再次睜開，封眼神迷濛，傻笑著說：「我想問的是，小虎，你曾經是我的誰嗎？」

小虎內心一震，大爲動搖，「爲什麼……這麼問？」

「因爲……我有時候會覺得你很熟悉，就和現在一樣，我覺得自己像現在這樣看著……你過……」封再也撐不住沉重的眼皮，墜入夢鄉。

「她沒事吧？」被封拋得老遠的任凱從河的另一頭跑回來，封後來送過去的那陣風確實地接住了他，因此任凱沒什麼大礙。

「喔，沒事。」小虎猛地回神，任凱從他懷中抱起封。

「我們回去休息吧，要是她在戰鬥中也這樣忽然睡著怎麼辦？必須想個方法解決……」任凱喃喃叨念，往咖啡廳的方向而去，但小虎完全沒有聽進去。

他滿腦子都是封剛才說的話。

她記得他，櫻記得他！

相同的靈魂，擁有的記憶自然也是相同的，只是有沒有想起而已。他不知道以前被選上的人和兩極之間的事，因爲相關記載非常少，所以他不抱期待，而且所有人都說兩極與瘟注定相戀。

可是，如果……如果兩極能愛上任何曾經是瘟的人呢？

小虎看著任凱抱著封的背影。

罷了，別胡思亂想。

別抱持無謂的期待。

有些事情，永遠埋藏比挖掘而出好。

第三章

封發現，自己明明和任凱兩情相悅這麼久了，兩人在一起卻老是在做些莫名其妙的事情。

說莫名其妙似乎也不完全正確，不過就是不太正常。

雖然他們的存在本身就不正常，但現在可是二〇一六年啊，不科學的現象已經越來越少見，兩個人還一天到晚在那邊使風使鬼的，太奇怪了。

說到底，封其實只有一個願望，那就是約會。

他們彼此喜歡卻從來沒有約會過，每次出去不是調查案件就是被追殺，甚至發現別人被附身，這些一點都不浪漫啊！

即使現在危機當前，小情小愛不該來攪和，但就是因爲這樣，封才覺得更應該來場約會，否則要是直到死前都沒約會過，這一定會成爲她的遺憾之一。

可是，她實在不知道要怎麼跟任凱開口，說想要一起出去玩。

苦惱的封在房間裡來回踱步。難得小虎說今天休息，不需要練習能力，連咖啡廳也歇業一天，她不想浪費這樣寶貴的機會。

她一大早就起來，把自己裝扮得可愛無比，不僅將一頭卷髮束成俏麗的馬尾，穿上深藍色的連身波浪裙，還塗了腮紅與睫毛膏，可就是沒有勇氣開口邀任凱出遊。

「喂。」房門忽然被打開，穿著淺藍短袖襯衫的任凱見封顯然特別打扮過，疑惑地問：「幹麼？妳要去哪嗎？」

「你你你！爲什麼進來不先敲門！」封嚇了一跳，頓時有點惱羞成怒，一把就拿起床上的靠墊往任凱丟去。

「又沒有看到什麼，就算看到什麼我也沒興……」任凱停頓下來，沒把話說完。

封淚眼汪汪，「眞的嗎？就算看到了也沒興趣嗎？」

「這……」任凱一時語塞，覺得無論怎麼說都不對，於是乾脆不回答。他轉過身，「走啦。」

「咦？走？要去哪裡？」

「去外面走走，待在這悶死了。」任凱走下樓梯，而封雙手握拳高舉，興奮地無聲吶喊。

天啊！太好了！

當封走出咖啡廳的時候，任凱已經發動機車，並戴好安全帽了。

「小虎怎麼不在了？」封本來想在出門前跟小虎打聲招呼，卻沒瞧見人，明明早上小虎還做了一頓豐盛的早餐。

「他說有事情要離開一段時間，怪人。」任凱滿不在乎地說，將另一頂安全帽戴到封的頭上，並幫她扣好。

「是喔……」

封依稀記得幾天前自己因爲練習過度，累得快要睡著之際，曾問了小虎一個問題，當時小虎的眼神看起來相當哀傷。後來她原本想再問得清楚些，可是總覺得被小虎有意無意地迴避著，因此問不出口。

「怎麼了？」

「喔，沒事啦。學長，我們要去什麼地方？」封怕將這件事說出來會讓任凱擔心，況且任凱和小虎有點不和，還是別節外生枝。

「妳想去哪？」

「那、那……我想去吃下午茶、看電影、坐在草地上聊天，然後、然後一起拍照……」最後那句話封說得很小聲。

「我們的照片不知道會不會變成靈異照片。」任凱輕笑一聲。

「咦？會嗎？」封慌慌張張地回應。任凱沒有反駁，這表示他都答應了？

「對了，順便試試看在騎車的時候，妳有沒有辦法用風包覆住我們。」任凱提議。

「怕被攻擊嗎？也是，如果在途中被攻擊，摔出去的話就稱了他們的意了。我在想，如果只是要我們的血肉，那就算我們變成半殘也沒關係吧？」

「……虧妳可以天眞地說出這麼可怕的話。」任凱忍不住翻白眼，「預防被襲擊是其中一個原因，但還有另一個原因。總之，妳做得到嗎？」

「嗯，應該可以。」封點點頭。

於是兩人跨上機車，封試探著環住任凱的腰，意外地沒有遭到抗拒。

以前任凱都會打掉她的手，看樣子兩情相悅的「威力」超乎想像！

雖然內心閃過各種小劇場，封還是不忘使出風包圍住自己和任凱，同時，她感受到今天任凱騎車的車速刻意忽快忽慢，還會左右搖擺。

他們騎到了山上，封四下張望，這裡完全不像是有電影院和下午茶餐廳的地方，而且道路的彎度都很大。

「你是在測試我的風跟不跟得上嗎？」因爲身周的風形成天然屏障，所以他們聽不太到外界的聲音，彷彿與世隔絕，封偷瞄了一下儀表板，目前時速居然有一百二十。

「對，接下來我還要進行另一個測試，妳必須好好保護我們。」

「什麼……」封突然有不祥的預感，話都還沒說完，任凱便忽然將油門催到底，直接往山崖下衝去。

天啊！這也玩太大了吧！就算要測試我的能力，也不用這樣拿命賭啊！

當他們連人帶車飛到空中時，封在內心如此吶喊。

不過她依舊準確利用了大自然的風，配合自己所揚起的風，溫柔地包覆住朝另一邊飛出的任凱，還有已經快掉落到谷底的機車，以及自己。

她穩穩地控制著風，讓他們像是飄浮在空中一樣，安穩地降落在柏油路上。

「看來眞的挺強的。」任凱看著完好無損的機車。

「學長……這不是約會……是訓練……」封不禁抱怨。

「喔？所以我們今天是出來約會的嗎？」任凱挑眉，神情顯得很愉快。

「這、這……是你約我出來的，還問我。」封嘟起嘴，「沒想到根本是來演《玩命關頭》，居然這樣對我……要是我沒接住怎麼辦？」

「我知道妳接得住，只是想確認妳的反應能有多快。」任凱再次坐上機車，「好啦，我們現在可以眞的去約、會了。」他故意強調約會兩個字，讓封紅透了臉。

一路上，封依然讓風保護著自己和任凱，甚至可以一邊和任凱聊天一邊自由地操控，還完全不顯疲累。

他們先去了電影院，沒想到只有動畫片、愛情片與鬼片可以選擇，猶豫了老半天，任凱打死也不願看封想看的愛情片，最後硬是選了鬼片。

結果，兩個人看完後的感想都是——太假了。

畢竟他們親眼看過眞正的鬼，連妖怪也見過了，電影裡飄來飄去的鬼只讓兩人覺得荒謬至極。

「也沒有出現會讓我『哇』的一聲抱住學長的場景……」封小聲抱怨，任凱壞心眼地重複她的話。

「喔～所以妳想要抱住我？」

「不、不是，我只是隨便說說……」封再次滿臉通紅。

任凱笑了出來，封動不動就臉紅讓他覺得很有趣，「接下來去哪裡？想吃下午茶是吧？」

「嗯嗯！我要吃很多蛋糕和三明治！」

「那找一間蛋糕好吃的店吧。」

兩個人來到某間網路評論一致推薦的名店，就算今天是平日也人潮洶湧，封蹙著眉提議換家店，但任凱就是想吃這家，於是他靈機一動，對封賊賊一笑：「試試看這招吧。」

「哪招？」

任凱轉了轉手指，雖然控制鬼心只需要依靠眼睛的能力，但他還是耍了點小花招。不久，一個模樣看起來很倒楣的鬼從旁邊的巷子裡幽幽飄出。

衰鬼在任凱的控制下飄到店家門前，封感受到一種令人不快的氣息，只見原本在排隊的人都皺起眉，紛紛交頭接耳，有些人接到了電話、有些人忽然打消了光顧的念頭，就這樣一個接一個離開隊伍。

「咦？客、客人！」負責叫號的女服務生緊張地跑出來，場面從原本的大排長龍變成只剩下封與任凱兩人。

「我們可以進去了嗎？」任凱露出人畜無害的微笑。

「啊，請、請進。」服務生被任凱帥氣的模樣電了下，趕緊爲他們帶位。

任凱在與衰鬼擦身而過時點了個頭，衰鬼稍稍恢復神智，看了任凱一眼後倉皇飄走。

「學長，你這樣濫用能力好嗎……」封心虛地將臉埋在打開的菜單中。

「妳不也濫用過自己的能力，就爲了吃到夢幻三逸品嗎？」任凱毫不在乎。

「你、你怎麼知道！」封瞪大眼睛。難道被看到了？

「我回學校處理一些事情時，聽頂樓的地縛靈說的。」任凱瞇起眼睛，「況且這樣妳不高興嗎？不用排隊就可以進來，妳不是一直都對這家店很有興趣？」

「我又沒有說我不高興。」封傻笑。

「那就好好吃蛋糕吧。」任凱也笑了，切了塊蛋糕遞到封眼前。

「是要我『啊』嗎？」封不確定地問。

「妳要『咿』也可以。」任凱調侃，舉著叉子在封的面前晃啊晃的。

封紅著臉，張口吃下蛋糕，明明是檸檬口味，她仍覺得甜滋滋的。

現在終於有談戀愛的感覺了！

這一切就像做夢一樣，任凱這樣對她笑著，還餵她吃蛋糕，什麼被妖怪追殺、要與零派開戰之類的事都彷彿是假的，她眞希望這夢不要醒來。

此刻是這麼美好，未來卻眞的只能迎向毀滅嗎？

他們彼此喜歡，也沒有想過要傷害人，就一定得接受這種命運嗎？

封忽然消沉起來，任凱發現她陷入沮喪的情緒，往她的杯子倒了些伯爵奶茶。「想那麼多也於事無補。」

「你知道我在想什麼？」封驚訝地問。

「不外乎那些吧？雖然宿命說很可笑，但我們似乎也擺脫不了。」

「嗯。」

任凱說的沒錯，封也明白如今只能選擇面對。不幸中的大幸是，他們還有小虎協助。

「小虎眞是不可思議……」

聽見這句話，任凱輕皺起眉，「怎麼說？」

「他明明是敵對陣營的人，卻處處幫助我們，又讓我們掌握這麼多消息。」封隱瞞了她覺得小虎很熟悉這件事，「我們很幸運，不用單打獨鬥。」

「嗯，對於這一點我算是感謝他。」任凱也隱瞞了小虎前世可能是瘟的事，「不過還是不能大意。」

「你很不信任他呢。」封無奈地笑了。

任凱只是聳聳肩。

後來兩人來到河堤，沿著河岸散步，一路上並沒有太多交談，心靈卻難得感到十分平靜。

忽然，任凱停下腳步。「妳不是說要拍照？」

「你還記得！」封高興地拿出手機，東張西望，「誰能幫我們拍呢……」

「這有什麼難的。」任凱彈指，一個鬼魂隨即從河裡爬出，朝封伸手。

「這……」封看著全身浮腫的水鬼，有些害怕。

「他可以幫我們拍。」

「水不會滲進我的手機吧……」封咕噥著，還是將手機交給水鬼，沒想到他真的能碰觸到東西，替他們拍了張照片後，又爬回水裡。

相片中的封與任凱笑得靦腆，彼此隔著一點距離，看起來略顯生疏，又隱隱有些曖昧的氛圍。封看著照片，露出甜甜的笑容，「雖然不是靈異照片，不過幫我們拍照的可是鬼呢。」

「說不定妳的風也能用來拍照，我們的能力還真是方便，都不需要自拍棒了。」任凱開玩笑地說。

「學長，我還想要……一起自拍。」封鼓起勇氣要求。

「是嗎？那過來。」

封還沒來得及反應，任凱已經一手把她拉過去，順勢攬到自己懷中，接著拿起她的手機自拍了一張。

「嗯，還不賴。」任凱打量了下成果，將手機還給封。

「就一張嗎？」封意猶未盡。

「這樣就夠了啦。」任凱背對著封，耳根微微發紅，「反正以後我們還可以一起拍很多張。」

這句話比任何甜言蜜語都還要浪漫，封用力點著頭，眼神卻不自覺黯淡下來。他們兩人，眞的有「以後」嗎？

「學長……我們這樣下去的話，世界是不是就會毀滅了？」

「相愛就會導致世界毀滅，這眞是我聽過最扯的事。」任凱不屑地笑了一聲。

「如今我們已經走到這個地步，沒有餘力去在乎其他事情了。」

「嗯……」

「我的目的很簡單，就是要妳活著，先確保妳能夠安全，再談別的問題。」任凱的手搭上封的肩膀，「而且如果明天就要死了，今天我們卻沒好好在一起，不是很遺憾嗎？」

「我也要你活著，這對我來說是最重要的。」封用力點頭，「對不起，我不會再猶豫了。」

任凱用另一隻手捏了捏她的臉頰。

「不過學長，你態度變得好快喔，你是什麼時候喜歡上我的呀？」

「我不想回答蠢問題。」任凱移開原本放在封肩膀上的手。

「幹麼那麼小氣啦，拜託告訴我嘛。」封立刻抓住任凱的手，無辜地眨著眼睛哀求。

「我不會告訴妳的。」

「拜託……」封更努力地眨眼睛，盡全力裝出可憐的模樣。

「那妳又是什麼時候？」

沒料到任凱會反問，封歪頭喊了聲犯規。

「我不知道，應該是在不知不覺間吧。」一開始她雖然覺得任凱很帥，但也只把他當成一個討人厭的學長，可是一起經歷這麼多事情後，她的心早就全都放在任凱身上了。

「我也是，等我意識到的時候，目光已經離不開妳了。」任凱說完，馬上用手蓋住封的臉，「這種話我不會再說第二遍。」

封透過任凱的指縫見到他滿臉通紅，忍不住開心地笑了起來。她牽起任凱的手，兩個人一起踏上回家的路。

當他們回到咖啡廳時，已經是晚上了，整條巷子只有咖啡廳還亮著燈光，如燈塔般指引返家的路途。

任凱將機車停在店門口，從窗戶往裡面看，並沒有見到小虎。

封打開大門，此時任凱突然說：「妳先進去吧，我要去一個地方。小虎應該已經回來了，妳會很安全。」

「咦？你要去哪裡？我跟你一起去吧？」

「不用了，我們兩個在一起反而危險。」任凱摸摸封的頭，讓她又紅起臉。雖然很高興，可是她實在不太習慣任凱這麼溫柔。

「那……你小心一點喔。」封害羞地低著頭。

任凱覺得她這個模樣實在可愛，於是擱在她頭上的手故意往下滑，食指撫過頰邊，一路摸至下巴。

「我會小心的。」他露出一個微笑，轉身朝巷子深處走去。

封呆立在原地，下意識抬手摸上任凱方才撫摸過的地方。

天、天啊！她的心臟快要爆炸了！剛剛那是怎麼回事，調戲嗎？

空氣中驀然飄來淡淡花香，封一愣，這熟悉的味道讓她把剛才的事拋到腦後，東張西望起來，隨即看見九夜無聲無息坐在前方的圍牆上。

「九……」封開心地正打算喊出名字，九夜卻比了噤聲的手勢。

九夜的手中射出許多彼岸花蕊針，構成一個小小的紅色結界，而後她從圍牆上跳下來，進入結界之中，對封招手。

封不疑有他，毫不猶豫地跟著踏入結界，瞬間聽不見外頭的任何聲音。

「看樣子妳過得還不錯。」九夜依舊面無表情，但語氣中流露出一絲關心。

「是呀，多虧了妳和小虎，雖然未來不樂觀，可是我一點也不擔心。」封天真地笑。

「小虎跟你們提過了，對吧。」

封點點頭，「我們也同意了。」

「不能心軟，不然死的就會是妳。」九夜說了跟小虎一樣的話。

「我知道的，就算不爲了我自己，也要爲了妳。」

九夜睜大眼睛，「爲什麼這麼說？」

「小虎告訴我了，妳曾經是我某一世的姊姊。」

「那個混蛋……」九夜握緊拳頭。她不明白小虎爲何要告訴兩極這種不必要的事情，那怎麼不說自己曾經是瘟？

「別生他的氣，他是爲了說服學長，學長的警戒心很強。」

九夜沒有回話，而封拉起她的手，那溫熱的感覺讓九夜不禁一縮。她已經有幾百年沒有接觸過這樣的溫度了。

「很抱歉，我什麼事都不記得，而妳卻保護了我這麼長的時間。」封難過地說，淚水在眼眶打轉。

九夜的腦海中頓時湧現從前的回憶——被自己害死的妹妹，以及被迫吃了妹妹血肉的自己。她抽回雙手，往後退了一步。

「不用給予我無謂的同情心，我感受不到。」她看著錯愕的封說。

「這不是同情……」

「不管是什麼，一切的溫柔我都感受不了，所以免了。」九夜拒絕封的善意，那是她最不需要的東西。

封還想說些什麼，但看著九夜的神情，她知道自己不能強迫別人接受這份心情。

「我知道了。」封吸吸鼻子，「但無論如何，還是感謝妳的幫助。」

九夜勾起冷笑。封葉知道，她想要的是什麼嗎？

她可是希望兩極和小虎在一起，甚至不惜殺了瘟也要達成這個目的。

「我今天觀察了你們一整天。」

「咦？」封臉一紅。一整天不就表示什麼都看到了嗎？

第一次約會居然就被監視，害羞的畫面都被看見了，討厭啦！

見封紅著臉扭來扭去，九夜嘆了口氣，「妳……真的愛上任凱了？」

「大家都說兩極與瘟注定會相愛，可是我想就算學長不是瘟，我也會喜歡上他的。」封小聲卻肯定地回答。

「這是愛嗎？」

「我不清楚什麼是愛，如果是不求回報、義無反顧，或是願意爲他賠上性命之類的，那我想應該是吧。」封說著，自己都難爲情起來，不過這些話也讓她心裡暖暖的，說出口後，好像決心更加堅定了。

而且，只要想起當時在醫院，她以爲任凱要死了的那刻，心就宛如被千刀萬剮，當下因此殺了多少靈魂，她一點都不在意，只求任凱能活著就好。

九夜緊皺眉頭，她所希望的並不是這樣。

「別傻了，因爲他是瘟，妳才會愛他，他若不是瘟，妳便不會愛他。」

「妳憑什麼這麼說！」封有些生氣。

因爲小虎就是最好的證明。

九夜在心裡說，她默默收回散布在四周的蕊針，腳步一蹬，消失在黑夜中。

封不太開心地走回咖啡廳，而站在頂樓的小虎則沉著臉回到屋內。

任凱走到巷道底端，彈指兩下，幾個鬼魂出現。

以往他所操控的大多都是臨時抓過來的鬼魅，如今隨著能力的純熟度越來越高，他已經能控制好幾個熟面孔了。

熟悉的鬼魂掌控起來也會比較容易，現在他所喚出的這幾個鬼魂，便是最近比較常使用的。

怨念比較強的女鬼當初是車禍死亡，所以面容不太好看，是個厲鬼；而第二強的則是一名自殺身亡的國中男孩，雖然是自殺，卻沒轉變爲厲鬼，姑且稱呼他們爲車與中二。

任凱原本曾經打算讓中二化爲厲鬼，這樣他手上就有兩個厲鬼了，但在聽過小虎的話後，加上想到了其他主意，他便打消了這念頭。

這兩名鬼魅在速度、能力以及技巧上都比其他鬼魂優秀許多，而即便鬼魂們都受任凱控制，還是有自己的領頭。

任凱盯著他們的鬼心，「我現在要稍微解除對你們的控制，和你們商談一件事情。」
接著，他鬆開束縛住兩鬼的力量，只是輕輕拉著他們，以防萬一。
車馬上往後飄退幾步，帶著警戒與怨恨盯著已經控制她好一段時間的任凱。
中二則一臉不屑，「什麼事情？」
能力比較強一些的，大多都是擁有意識的鬼魂，能碰觸到物體、保有思考能力，就和方雅君一樣，因此能夠進行溝通。
「我不清楚你們那個世界的階級，但鬼魅是否通常會被妖怪所奴役？」
「我們怎麼可能被妖怪那種生物奴役！」車怒吼，露出尖牙。
「可是之前方雅君就聽令於鬼女。」任凱冷靜地回應。
「讓鬼界的最上位和妖界的最上位一決勝負，贏家是誰還不知道呢。」中二冷笑，「客觀來說，弱小的鬼比弱小的妖怪多上不少，所以一般情況下，鬼較可能遇到比自己還要強的妖怪，這時就需要依靠數量優勢來應對，更別說面對鬼女一族那種強大的妖怪了。」
「看來你懂的不少。」
中二聳聳肩，一副理所當然的模樣。
「你解除對我們的控制有什麼目的！」車依舊吼著。
「我想跟你們打個商量。」

「何必商量？直接使喚我們不就行了嗎？」中二挑眉，話中帶刺。

「我無法一次控制太多鬼魂，雖然現在應付一般情況綽綽有餘，不過你們都知道接下來會有大戰，爲了贏得勝利，我想跟你們做個交易。」

「交易？這我們可承受不起啊。」車大笑幾聲，冷眼看向四周，幾個孤魂野鬼出現，將他們團團圍住，任凱立刻提高戒備。

「妳知道這沒有用。」

「冷靜點吧，主人。」中二再次冷笑，刻意強調了主人兩字，那神情與他稚嫩的外表極不相符。

孤魂野鬼形成一個屏障，任凱瞇起眼睛。

「在這種敏感時刻想跟我們談交易，也不怕隔牆有耳？還不如在咖啡廳中談，從各種意義上來說都比在這安全。」車的面容出現變化，轉眼成了一個美女。

「妳果然是故意一直以死去時的相貌示人。」

「那是我唯一可以用來抗議的小小手段。」車用鼻子哼了一聲，「你想談什麼交易？」

「召集你們鬼界能用的鬼，幫我們打這場仗。」

車和中二面面相覷，「這交易太不划算了，我們會死傷慘重，還是灰飛煙滅的程度。」

「而且雖然說是交易，但無論我們答不答應，都還是要爲你賣命。人生眞是不公平啊，就是爲了得到自由才自殺，沒想到死後依然被束縛。」中二嘲諷地說。

自由與公平？任凱何嘗不想要。但人生本就不公平，他只能面對。

「你們都見識到兩極的能力了，我的承諾是，只要你們協助我們，相對的我就不會控制你們，隨你們傷害除了我方人馬以外的所有對象，並且還會讓兩極用風保護你們。」

車與中二都愣住了，他們沒料到會是這樣的交易。

「你相信我們？」中二瞇起眼睛。

「這是交易，信任是基本。」任凱說著，瞬間用力掐住他們的鬼心，車和中二痛苦地蹲了下來，任凱冷笑。

「而若讓我感受到你們有反叛之意，哪怕只有一點點，我都會立刻消滅你們。兩極更是不用說了，連帶責任你們懂吧？她能一口氣摧毀所有靈魂，所以我不怕你們背叛。就如你所說，無論答不答應，你們都一樣要爲我賣命，以此爲前提，我開出了非常好的條件給你們。」

車和中二交換一個眼神，沒有考慮太久。

「我們不能代表整個鬼界。」

「我知道，但還是可以試著找其他鬼魅加入。」

「這樣不會有多大效果，你直接一次喚來多個鬼魂再提出這個交易，會比讓我們找鬼加入還要有效率。」車挑起一邊的眉毛。

「是啊，要不是被你給控制住，我也不願意幫忙。」中二輕蔑地笑。

「你們的表情可眞是豐富，但這確實不失爲好方法。」

「不過雖然無法找到太多鬼魂幫忙，我還是能說服幾個想殺人的瘋子，而你現在所控制的鬼魂們，我也能代表他們答應你。」車表示，中二在一旁點頭。

「所以交易算是成立了？」任凱微笑，環顧其他鬼魅。

「看樣子是的。」中二聳肩。

第四章

位處深山的大宅裡，一名長髮男子在緣廊上來回踱步，這時一旁池塘附近的空氣忽然扭曲，幾隻彩蝶翩翩飛出，身穿火焰般橘紅和服的女人出現，帶著嬌笑婀娜走來。

「哎呀，零，難得見您如此焦慮呢。」

「我看起來焦慮嗎？」零從容一笑，上身倚靠在門邊。

「是呀，相當明顯呢。發生什麼事情了嗎？」紅葉用衣袖遮著笑容。

「沒事。倒是妳來所為何事？」

「沒什麼事，不就走走嘍。」紅葉瞇眼看了看四周。「兩極與瘟都已經覺醒了，為何您還不派人過去呢？」

「虎會將他們帶回來，這是他的宿命。」

「我實在不懂你們人類的血脈能建立多穩固的羈絆，不就是血緣關係而已嗎？您真如此確定，他會帶著自己深愛的兩極回來？」

「因為他若不回來，就無法殺了我。」

紅葉的雙眼微微瞠大，隨即揚起媚笑：「為何如此說？」

「我很清楚他會想做什麼。」零回到自己的房間，紅葉跟了上去，手指藏在衣袖中動了幾下，幾隻小蝴蝶飛出來進入妖道，空氣又是一陣扭曲，接著恢復成原本的狀態。

「那您有何對策呢？」

「搶先下手。」零微笑。

正在擦玻璃的封發現幾隻蝴蝶在窗外飛舞，因爲有結界的關係，彩蝶只能在咖啡廳外徘徊。

「外面有顏色好奇怪的蝴蝶……」

「很多蝴蝶的顏色都很奇怪。」正在修理椅子的任凱頭也沒抬。

在櫃檯內的小虎放下攪拌器，走到封的身邊。

「我覺得很像之前在保健室後花園看過的蝴蝶。」封對小虎說，小虎凝望著那些彩蝶，忽地一彈指，所有蝴蝶便紛紛穿越玻璃飛了進來。

「哇！」封讓到一旁，而任凱抬起頭。

「也許當時是零派鬼女去監視妳，那些蝴蝶促使妳逐漸覺醒，一切都是零安排好的。」小虎邊說邊往後退。

一隻隻彩蝶交錯飛舞，灑下的鱗粉隱約交織出影像，封看見一個長髮男人，剛剛靠過來的任凱也看見了，接著彩蝶與男人同時消失，小虎的臉色變得凝重。

「怎麼了？」

「這是鬼女的警告，剛才那就是零的模樣。」

「警告什麼？」任凱又問。

「看樣子零知道我們的計畫了。」

「怎麼可能？每次討論不是都有設下結界嗎？」封大驚失色。

任凱則想起之前自己在巷尾和鬼魅討論交易之事時，最開始並沒有想到要防止竊聽。

「就算有結界，也只是以防萬一，零無所不知。」小虎說，「反正他會知道早已在我的意料之內，但他並不清楚我們得到了多少援助。」

聞言，任凱稍微鬆了一口氣。看來，零應該並未發現他與鬼魂們進行了交易，達成這個協議讓他可以不用費心去控制其他小鬼，只需要專注在較難操控的厲鬼身上，因此有了更多餘裕。

而既然小虎表示情況在預料之中，任凱他們也只能按兵不動，當天夜裡一如往常地入睡。

任凱睡得很不安穩，他不斷聽到喧鬧的人聲或是奔跑的腳步聲，雖然明白自己身處於夢中，腦袋卻異常清醒，然而身體無法動彈。

是鬼壓床？好大的膽子，居然敢來壓能夠使鬼的瘟。

任凱正想採取行動，這時一聲呼喚響起。

「凱。」

他身體一顫，這聲音太熟悉了，是與他一模一樣的嗓音。

「任炎？」

任炎明明只是幻影，他怎麼會再次聽見這個聲音？

漆黑之中，一個男孩的身影朦朦朧朧出現，接著越來越清晰，任炎就站在那裡，臉上掛著淡淡的笑容。

「你是假的。」任凱說。

「但也是眞的。」任炎微笑。

「爲什麼……」

「凱，你還有我。」任炎的笑容瞬間變得異常詭異，看見與自己相同的臉露出令人不舒服的表情，任凱不禁感到噁心。

他正想再說些什麼，一個強烈的撞擊忽然襲來，像是直接撞入他的內心，令他疼痛不已。他猛地睜開眼睛，反射性打開床頭燈，只見房內出現兩隻怪物，形體如同巨大的蟒蛇，散發著黑光。

「搞什麼！」中二站在床邊詫異地喊。

「居然有辦法闖進來。」車嘆息。

「怎麼回事？」任凱立刻跳起身，看著那兩條詭異生物。

「整棟屋子都有結界，除了我們以外，應該沒有東西能闖入才是。」車邊說邊衝向其中一條巨蟒，而巨蟒在她撲過去的同時如影子般消散，逃到房間另一角，然後再次凝聚成原本的形體。

「看樣子不好對付啊。」中二冷笑一聲，以迅雷不及掩耳的速度衝到另一條巨蟒面前，手一揮割斷了來不及避開的蟒蛇尾巴，斷尾在地板上抽動幾下，消失無蹤。

因爲已經和部分鬼魂達成協議，所以任凱解除對他們的控制以示誠意，只操控著較弱的鬼魂，並讓車和中二負責指揮，而車和中二本身則主動擔任任凱的護衛。

兩條巨蟒在房內來回打轉，帶著強烈的惡意，任凱馬上又喚來好幾個鬼魂。

「先集中攻擊一條！」任凱喊，車依言鎖定目標，而眾多鬼魅與中二則專心對付斷尾的那條。

斷尾巨蟒以寡敵眾，自然難逃被撕裂的命運，隨後所有鬼魂齊心攻擊剩下的那條。巨蟒發出嘶嘶聲威嚇，尾巴一揮把幾個鬼打得魂飛魄散，較弱小的鬼魂因此動搖，任凱嘖了聲，解除對他們的控制。

脫離掌控後，弱小的鬼魂們趕緊想往屋外逃，蟒蛇卻深吸一口氣，將他們全數納入口中吞下肚，成了養分。

「藉由吞噬鬼吸收能量嗎？」任凱再次召來其他較強的鬼魅。

「看樣子是。」中二看著蟒蛇變大一圈的身軀。

「別聊天了。」車皺起眉頭，雖然她是眾多鬼魂的頭領，能力最強，但也最容易情緒不穩。

「妳才該冷靜點吧，這種程度的東西，光靠妳的能力應該就能解決才是。」中二說完，又對任凱說：「主人，讓其他夥伴暫時逃命去吧。」

被稱呼爲主人讓任凱不太習慣，「你確定她自己就可以對付？」

「別小看她啊。」

在中二的保證下，任凱解除對所有鬼魂的控制，讓他們能夠逃離，並暗自打算要找時間好好訓練那些膽小的鬼，否則若是他們在戰鬥中臨陣脫逃會相當麻煩。

車閉上眼深呼吸，將心情穩定下來後睜開眼睛，目光冷若冰霜。她呼出一口氣，氣體瞬間化爲冰刃朝蟒蛇射去，蟒蛇頓時結凍，隨即粉碎。

任凱目瞪口呆，這是他所沒見過的技能。

而中二似乎早就知道，露出有些得意的笑：「主人，能力稍強的鬼擁有屬於自己的技能，唯有讓我們保持神智和自主權才能使用，即便瘟刻意去操控，也無法逼我們使出絕招的。」

「歷代的瘟都不知道這件事嗎？」任凱問。

「誰會告訴那些只會控制我們的東西。」車哼了聲。

「哎呀——討厭！」此時，封的尖叫聲從外面傳來，任凱和兩鬼對看一眼，立刻衝出去。

他們不過花了兩秒時間就跑到封的房間，卻見封的房內被風吹得一團亂，但沒有任何詭異生物存在。

「那些像蟒蛇的怪物呢？」任凱看著頭髮被吹得蓬亂無章的封。

「我使出了風，那三隻就不見了。」封有些不好意思地說。

兩名鬼魂面面相覷，封一個人對抗三條巨蟒，居然須臾之間就將其消滅，兩極的力量果然強大。

「你們也遇到了？」封一邊問一邊製造出輕柔的風，小心避開車和中二，將房間裡的物品擺回原位。

「妳什麼時候學會了這種偷懶的技巧？之前把店裡弄得亂七八糟時，不是還沒辦法用風幫忙復原嗎？」任凱搖頭。他本來還想動手幫她整理，相較之下顯得很蠢。

「很簡單呀，我已經掌握訣竅了。」封轉轉手指，順便將任凱睡亂的頭髮吹整得有型。「啊！小虎沒事吧？」

「放心，我們兩個都沒事，他更不可能有事了。」

稍早之前，大約在任凱醒過來的前一秒，小虎在床上張開眼睛。

房內一片漆黑，他警戒地坐起身，雙眼轉為淡褐色，身體散發出微光，瞇眼掃視周遭。

有什麼東西在地面上滑動，且相當迅速，小虎的手掌心爆出白光，所有黑影馬上蠕動著移開。仔細一看，四周已經被無數巨蟒環繞，小虎被徹底包圍。

他不慌不忙地從背後抽出無形刀刃，朝周圍砍了一刀，好幾條蟒蛇嘶叫一聲，灰飛煙滅。而更多的蟒蛇向小虎撲來，其中一條張開生有利牙的巨口，就要朝他的脖子咬下。

此時空間扭曲，一隻白獸倏地出現，咬住巨蟒的身軀用力往牆壁甩去，其他蟒蛇驚慌不已，卻沒有退開。

「我來就可以了。」小虎對貔貅說。

貔貅甩甩尾巴，顯得滿不在乎，打了個哈欠後在一旁坐下。

小虎閉上眼睛低喃幾句咒語，手中的無形利刃產生變化，雖然看不到實體，但其中蘊含的強勁能量依舊難以忽視。巨蟒們心生猶豫，動作頓了頓，小虎抓住機會一躍而起，在空中優雅地轉了一圈，劈開周遭的所有蟒蛇。

房內恢復原本的狀態，這時封的尖叫聲傳來。

「封！」小虎拔腿衝出去，留下在房內打著盹的貔貅。

「放心，我們兩個都沒事，他更不可能有事了。」

當小虎急忙來到封的房門口時，恰巧聽見任凱這麼說，於是他鬆了一口氣，走進封的房間裡。

「你們都沒事吧？」

「小虎！太好了，你也沒事吧？」封關心地問，小虎注意到她正在運用風將房內擺設恢復原狀。

看樣子他們也遇到了襲擊，並且順利解決了。

他看向車和中二，兩名鬼魅不禁瑟縮，稍稍往後退。

小虎的能力來自天界，連他們都要敬畏三分。

「有您的結界在，他們還能進來，想必……」車遲疑了下，大膽開口。

小虎正要回應，此時一樓咖啡廳的木門被撞開，接著是咚咚咚的粗魯腳步聲。

「天啊，剛對付完妖怪，現在又遭小偷了嗎？」封驚慌地說。

「不。」小虎感覺出氣息的主人，幾秒過後，難得一臉慌張的高大男人氣喘吁吁的出現在房門口。

「虎……抱歉，我來遲了！」獅爺跪下。

「怎麼回事？獅爺，你剛剛是不是把門撞壞了？」封趕緊要扶他起來。

然而獅爺用力搖頭，就是不肯起身。

「聽那個聲音就知道你一定把門撞壞了，沒關係啦，小虎不會生氣的，快點起來。」封自顧自地勸說。

「喂，搞清楚狀況好嗎？」任凱沒好氣地說，一把拉回封。

中二偷笑一聲，這一世的兩極能力依然不容小覷，卻是個笨蛋。

小虎斜眼看了中二一眼，中二立刻縮到車的身後。

「阿零派來的？」

獅爺顫抖著，沒有答話。

「能進入我的結界，這已經夠明顯了。」就像之前食夢貘也是因爲有與零派締結契約的鬼女幫助，才能夠侵入咖啡廳。

所以那些巨蟒是零派來殺他們的。

「阿零並沒有眞的想置我們於死地，否則不會只派蛇精過來，而會親自出手才是。」小虎冷笑，神情十分恐怖。

察覺到氣氛不對勁，封下意識揪住任凱的衣角，她是第一次看見小虎露出這麼可怕的眼神。

「我來遲了。」獅爺還是重複這句話。

「不，獅爺，你來得正好。」小虎勾起微笑，「告訴阿零，我要回去了，帶著兩極與瘟回去。」

遠方的山林中，草木茂密、鬱鬱蔥蔥，這裡是個陽光終年無法觸及的地方。山妖們彼此低語著，幾隻奇形怪狀的生物到處大聲嚷嚷，還有幾名綠色小人皺著眉交頭接耳，一旁的長角老人雖帶著溫和笑容，卻止不住心中焦慮。

附近是一條湍流的河，有個女人倏地從河中爬出，光裸的身體被透明液體所包覆，接著第二個女人出現，然後是第三、第四個。她們眼裡帶著殺意，魚貫走進樹林之中，再次現身時，打扮已經和一般人類無異，朝城鎮走去。

在天空盤旋的大鳥們正散播著消息——兩極即將再次歸零派所有，因爲被選上的人就要把兩極帶回去了。要是他們順利回到零派，誰都別再想擁有兩極，得重新等上百年。

不過，在兩極前往零派的這段路上，各界都還有機會。

咖啡廳今天休業，應該說，從此永遠休業。

在一樓忙進忙出的白髮少年臉上掛著如常的淺淺微笑，將打包妥當的木椅搬到貨車上，而身材魁梧的男人則一口氣搬起兩張桌子，直接就往貨車上丟。

小虎皺起眉頭，「獅爺，這樣桌子會受到損傷，會影響價值的。」

「抱歉。」獅爺頷首，小心放好桌子。

將一頭長卷髮綁成馬尾的女孩蹦蹦跳跳地從樓梯上下來，身後跟著兩個飄浮在空中的大大行李箱。

「我沒有帶太多東西。」封說出不太符合事實的話，看了四周一圈，「需要幫忙嗎？」

「那就麻煩妳了。」小虎笑著往後退一步。

封露出甜甜的笑容，深吸一口氣，雙臂往兩旁展開，接著店內颳起一陣旋風，所有物品井然有序地飄到外面的貨車上，整齊排列好。

任凱悠哉地從樓上下來，對得意的封說：「能力使用慣了，只會讓妳越來越懶得自己動手，使風可沒辦法幫妳減肥啊。」

「哼！才不用你說！」封不滿地瞪了他一眼，走到外面坐上車。

小虎看著任凱搖搖頭。怎麼到現在還是對兩極這麼不溫柔？不過見任凱笑得開心，小虎明白隨著時代的變遷，人們表達愛意的方式大概也不太一樣了，就算瘟並不溫柔，也依舊愛著兩極。

胸口忽然一陣絞痛，小虎蹙著眉摀住。

「怎麼了？」獅爺出言關心。

「沒什麼。」小虎微笑，又回頭看向任凱，「我們該出發了，小心爲上。」

任凱點點頭，提著手提包往封所在的車子走去。

貨車載著咖啡廳的所有桌椅和設備，這些全都準備要賣給回收業者。小虎注視著咖啡廳，這曾經是他和櫻的夢想，如今也算是實現過了。

而後，他頭也不回的坐上了車。

零派宅邸位於中部山區，獅爺開著車行駛在國道上，一路順暢無比，天氣也非常好，讓人有種一切都會順利的感覺。

大約一個多小時後，獅爺下了交流道，坐在後座的任凱問：「離目的地還有段距離，怎麼在這裡下交流道了？」

「走這邊比較順路，而且有東西跟著我們。」小虎看著後照鏡，幾道漆黑的影子正在後方追逐。

「若在國道上，怕發生重大意外。」獅爺接話，也瞥了眼後照鏡，確認左邊有三隻，右邊則有兩隻。

忽然間，車頂咚的一聲，睡著的封驚醒過來，大大嚇了一跳。

「怎麼了？地震嗎？」

「擦乾妳的口水，我們遇到敵人了。」任凱瞇起眼睛，中二立刻出現在他們的座位中間，封又驚叫一聲。

中二不屑地瞥了眼封，卻發現小虎正透過後照鏡盯著他，嚇得趕緊低下頭。

「跟著的妖怪是剛修煉成精的山豬，能力並不強，不足爲懼。」

「連低等妖怪也敢來找麻煩，可見還有其他妖怪。」小虎慢條斯理地說。

車頂持續傳來陣陣撞擊聲，仔細一聽還有急促的呼吸聲。

「光我一個就能解決那些，需要嗎？」中二問。

「不，靜觀其變。」在任凱開口前，小虎搶先一步制止。

以防萬一，封還是先使出一陣輕柔的風圍住車子，在風揚起之時，車頂上的山豬發出淒厲叫聲，隨即摔落下去。

「做得好。」任凱稱讚，封甜甜一笑。

車子行駛在鄉間小路上，天色忽然變得昏暗，幾乎看不清前方道路。獅爺打開遠光燈，赫然發現路中央站著一個垂著頭的女人，連忙改變方向閃避，整輛車旋轉了一圈，差點掉入田裡。

「大家沒事吧？」小虎回頭探問。

「沒事，好痛……撞到屁股了。」封哀號。

獅爺想要重新發動車子，卻怎樣都徒勞無功，連車燈也無法亮起，他們只能置身於黑暗之中。

周遭除了樹葉的沙沙聲響，還隱約有詭異的聲音，封下意識抓住身邊的任凱。

「小心，有東西來了。」獅爺低聲提醒。

封機警地揚起一陣風，再次包覆住所有人。

「剛才那女人是什麼東西？」任凱問。

「不確定，但肯定不是人。」小虎說。

突然，他們的車子像是浮起來了一般，違反地心引力地向上升起，車內四人一時東倒西歪。任凱對著封喊：「是妳弄的嗎？」

「不是，有什麼奇怪的東西，我的風傷害不了對方！」封驚慌地說，她的風還是第一次毫無作用。

「待在車內不安全，快出來！」中二在外面緊張地說，任凱立刻打開車門，只見是一個龐然大物用雙手將他們的車抬到半空中。

「是山男！」小虎大喊，「快跳下去！」

眾人各自從車門跳出去，一陣白光在半空中閃過，貔貅從扭曲的空間跳出，以極快的速度準確接住四人。

藉著貔貅散發出的光芒，他們終於看清楚周遭狀況，整個路面上站滿了妖怪，甚至連空中也飄浮著妖物，全都虎視眈眈地盯著任凱與封。

這是最後的機會了……一定要吃了兩極！

妖怪們低語著，有幾隻已經衝了過來，封對他們使出強烈的風，妖怪們左右散開躲過攻擊，繼續撲上——

「嘿，別想！」藍色冰刃穿過其中一隻鳥妖的身體，腥紅著眼的鳥妖憤恨回頭，見到車挑釁的笑容。

「厲鬼……爲什麼要在沒被控制的情況下幫助瘟？」鳥妖怒吼。

「就跟你們妖怪忽然團結起來一樣吧。」車勾起微笑，無數藍色冰刃倏然出現，在她身周圍成一個圈。

而中二則領著其他五個鬼魂圍住任凱四人，擺出防衛的架勢靜觀其變。

「爲什麼我的風對他沒有效？」封無法掩飾自己的震驚，眼睜睜看著巨大的山男輕易地將車子捏成一團廢鐵。

「他太過巨大，妳的風雖然可以傷害他，但並不會對他造成太多影響。」小虎輕輕撫摸貔貅的毛。

仔細一看，山男手上的確有灼傷的痕跡，可是那一點點傷害根本不痛不癢。

「所有鬼怪都畏懼貔貅，爲何不讓貔貅解決他們？」任凱提出一直以來的疑問，而貔貅用鼻子哼了一聲。

您是神獸，您的身分尊貴不凡哪……

巨大的山男開口，貔貅的體型雖然只有山男的百分之一，卻絲毫不顯畏懼，牠怒吼一聲，發出強烈的聖光，所有妖怪驚恐地尖叫，連任凱身邊的鬼魂也都立即作鳥獸散，車與中二則迅速飛到遠處觀望。

貔貅落到路面上，將所有人放下，接著回頭看了小虎一眼，甩甩尾巴隱沒在扭曲的空間。

「牠、牠爲什麼走了？」封搞不清楚是怎麼回事。

「貔貅不會參與戰鬥，在緊要關頭牠只負責保住我的性命，所以別指望牠，要靠我們自己。」小虎坦然地說。

貔貅一離開，所有妖怪再次返回，一群全身溼答答的女人站在最前面，臉上不懷好意的微笑分外令人毛骨悚然。她們烏黑的長髮忽地伸長襲來，車眼明手快地放出冰刃削斷那些頭髮，但女人們捲起巨大的水柱，轉瞬將車的冰刃摧毀。

「這……」車瞪大眼睛。

「是河女。」獅爺擋到小虎和封等人面前，正面承受趁機撲過來的那些小人妖怪。

手掌大小的無數小人爬到獅爺身上，又跑又跳地進行擾亂攻擊，封趕緊揚起強勁風勢想吹走他們，卻發現小人們的尖牙刺入獅爺的皮膚之中，若將他們吹走，會連獅爺的皮膚一起撕裂。

「兩極小姐，您只要專注於傷害你們的人即可，不用理會我。」獅爺大喊，從腰間取出許多令符，符咒綻放出黃色光芒。

兩極是我的了！

一名男人騎著無頭馬奔來，伸出尖長的爪子就要抓住封，這時一道火光射來，無頭馬嚇得四處竄逃，出手的正是中二。

「我討厭使用火。」中二不悅地說。他是自焚而亡，沒想到死後火竟成爲他的能力。

「火與水，你擁有兩名能力截然不同的鬼魅。」小虎忍不住讚揚任凱，連他都不知道鬼還有屬於自己的能力。

「小心！」封高呼，山男整隻手往下壓，就要把他們壓成肉醬，她趕緊用強風將他們幾個人吹散。

雖說所有人都還在封視線所及的範圍內，但如今他們彼此距離相當遙遠，妖怪們見機不可失，立刻全數衝向封所在之處。

「封！當心啊！」小虎大驚，想叫出貔貅幫忙，卻感受到貔貅的抗拒。

「嘖！」他不會質問貔貅爲何不協助，他知道誰都沒有出手相助的義務。

任凱則火速朝封跑去，並讓幾個鬼魂先趕往她那裡，可是那些鬼一個接一個被山男壓扁。

情況危急，這時任凱突然看見任炎站在田地的中央。

「任炎！不要這種時候還來攪和！」他怒吼。

「凱，你還有我啊，不能忘記我。」任炎依舊帶著令人猜不透的微笑。

任凱不明白爲何任炎還會出現，他已經接受任炎是他想像出來的覺醒化身了，那眼前的任炎又是什麼？

然而此刻不容他多想，他掠過任炎身邊，拚命跑向封。

封展開雙手，以自己爲中心畫出一個圓，強烈的風環繞著她形成球體，將她整個包圍住。

妖怪們沒有退縮，他們毫不畏懼地想破壞那顆球，較弱小的妖怪紛紛被灼傷或是被彈飛，更多妖怪則強忍著痛楚靠近，河女們甚至用頭髮纏住無形的風。

忽然，許多紅色蕊針從一邊射來，幾隻妖怪瞬間融化，不過妖怪們的行動並未因此被阻止。

兩極就在這、瘟就在這，在他們成爲零派所有物之前，這是最後的機會——

無數呢喃重疊在一起，化爲震耳欲聾的聲響迴盪，融合到風中、雨中、空氣中、河水中，傳遍妖界。

飛舞著各色彩蝶的鬼女之村當然也聽得到妖怪們的低喃，正在沏茶的紅葉一愣，隨即勾起微笑，將裝有抹茶的杯子旋轉三圈，湊到嘴邊。

「紅葉小姐！」阿滿難得慌張地衝了進來。

「我知道妳想說什麼。」紅葉不疾不徐。

「這該怎麼辦？若被其他妖怪搶先……」

「放心，虎他們不會有事。」

「我們該通報零嗎？」

紅葉皺眉，「阿滿，妳糊塗啦？那是只有我們聽得到的聲音，何須將這個情報交給零？」

「但我們之間有契約。」

「契約只要求我們據實以告，並沒有言明知情不報有何不妥。」紅葉切起羊羹，「況且，我們出現或不出現都不恰當，其他妖怪早就視我們爲恥辱，因此就當沒這回事吧。」

阿滿恭敬地低下頭，聽從紅葉的吩咐去通知其他鬼女，要她們裝作沒聽見那些聲音、沒聽見妖怪們的召集，裝作不知道這一切。

紅葉細細咀嚼著羊羹，露出心滿意足的笑容。

第五章

場面陷入混戰，無論除掉多少妖怪，還是有更多妖怪源源不絕撲上。

紅色蕊針的攻擊讓妖怪們不滿地怒吼，斥責彼岸花派系的干涉。

「半妖！不要插手，妳不屬於任何一方！」

隱藏在樹後的九夜現身，她的臉色依舊慘白無比，手指之間夾著許多花蕊，不由分說便射向各方妖怪。

「我不是爲了讓兩極死在這裡！」九夜吼著，迅速瞪了小虎一眼。

兩極並不會死在這裡。

小虎心想，從掌心中拉出一條鏈子，往四周甩去，所有妖怪連忙避開。

中二與車都分別在與其他妖怪搏鬥，任凱本來希望能再多控制一個能力強大的鬼魂，然而此時還是使用鬼海戰術會更有效，幸好那些答應幫忙的鬼不需要他指示，便會自行對付妖怪。

山男再次伸出雙手，就要朝任凱壓下，任凱喚來更多鬼魂迎上，雖然無法傷害到山男，卻讓山男腳步不穩地跌向路面，大地頓時震動。

樹林中跑出許多動物化成的妖怪，幾十隻白色狐狸跳出來，九夜立刻繃緊神經，將蕊針向狐狸群疾射而去。

為首的狐狸立刻停下腳步，瞇起褐色的雙眼看著九夜：「我說這是誰呀，不是與我族頗有淵源的九夜嗎？」

「我跟你們沒有什麼淵源。」九夜憤恨地咬著下唇，再次射出蕊針，狐狸們輕巧閃過。

「這麼說多令人心寒，也不想想是由於誰的緣故，才讓妳擁有永恆的生命。」狐狸笑著，這段歷史在牠的族內持續流傳，成為半妖的九夜則永遠在人世間的夾縫中求生存。

「今天就要了結與你們一族之間的宿怨！」九夜怒喊，將從懷中所有蕊針灑到空中，雙手一張，一根根針懸浮著對準白色狐狸們。

「真要同歸於盡？」狐狸瞇眼。

九夜一聲不吭，蕊針一口氣全數射出，為首的狐狸體型倏地暴漲，尾巴分裂成八條，牠只要吃下兩極的血肉就能分出最後一條尾巴了。

其餘狐狸穿過八條尾巴間的空隙撲向九夜，有幾隻被蕊針射中而落地哀號，但更多狐狸以快到不可思議的速度閃過細雨般的蕊針，張開大嘴咬向九夜。

「唔！」九夜悶哼一聲，從腰間抽出浸泡過彼岸花汁液的匕首，毫不猶豫往咬著自己的狐狸身上插去。血液染紅了狐狸潔白的皮毛，匕首帶著劇毒，讓牠連痛呼都來不及便死亡。

「我的祖先可是給了妳永恆的生命，這不知感恩的混帳——」八尾狐狸怒吼，撲向九夜。

另一方面，小虎被從河邊冒出的妖怪絆住腳步，那妖物外型如三、四歲孩童，卻擁有一張詭異的臉，身上覆蓋著堅硬的鱗片，雙腳有如虎爪一般。

「水虎是嗎？」小虎冷哼一聲，甩著手中的鏈子，水虎突然用利爪勾住，順勢用力將小虎扯入河中。

水虎在水中擁有絕對的優勢。

同一時刻，山男正要往封所在之處踩下，封及時閃過，大地卻再次震動，所有人從地上彈起。

封努力想穩住自己的身軀，但始終無法做到，她看見任凱正朝自己跑來，也看見山男一掌拍向任凱，於是嚇得馬上從掌心射出一陣強風，將任凱直接擊飛，山男因此撲空。

不過使用風救了任凱，也就表示她自己失去了屏障，原本糾纏著旋風的河女不再受到阻礙，長髮順利攀上封的身體。

「我們抓到兩極了！兩極是我們的了！」所有河女尖聲歡呼。

烏黑的髮絲如利刃般割傷封的肌膚，血珠滲了出來，兩極香甜的血液氣味在空氣中擴散，所有妖怪怔了一會兒後，越發興奮地拚命殺戮。

更多頭髮纏上封的身子，她痛得想尖叫，可是連嘴巴都被封住。她嚐到口中的血腥，自己被撕裂的畫面浮現在腦海，她是第一次眞正感受到死亡的威脅。

封想看任凱最後一眼，然而雙眼同樣被重重黑髮矇住；她想使出風，也的確使出來了，原本想從內部破壞這些頭髮，可是只換得更多長髮捲上。

「封葉——我不准妳死！」任凱的聲音刺進封的耳裡。

封哭了起來。她也不想死啊！可是她不知道還能怎麼辦，現在究竟該怎麼辦？腦中被五馬分屍的畫面太過眞實，就彷彿以前曾經歷過一樣，許多不同面孔的女人接連出現，每一個最後都難逃被啃食、分屍的命運。

很抱歉，她又要如此沒用地死了。很抱歉，她讓大家擔心了。

獅爺總算解決掉攀附在自己身上的小人們，傷痕累累的小人一個個逃回了樹林。

他轉過身戒備著其他妖怪，卻發現妖怪們根本無暇對付他，全都主攻其他人。小虎不見了，任凱被山男打得渾身是傷，一旁的九夜正與狐狸苦戰，但最重要的兩極呢？

空中懸浮著一個巨大的黑色球體，下方站著許多河女，她們滿臉興奮，長髮與那顆球體相連。

兩極必定在裡面！

其他妖怪圍在河女們身邊，虎視眈眈地注視著球體。妖怪雖然沒有道德觀，仍懂得凡事都有個先來後到，既然是河女先捕獲兩極，那麼就擁有第一個享用兩極的權利，反正無論如何，別讓妖界以外的傢伙染指兩極便是。

獅爺仔細觀察戰況，能夠驅使鬼魂的瘟與鬼魂們都各自有要面對的敵人，若割斷河女們的頭髮，雖能讓兩極擺脫束縛，但如果她反應得不夠快，只會馬上被其他妖怪分屍。

該怎麼做才好？

鬼女一族？不，鬼女們的協助是機密，此刻鬼女不可能出面。

虎呢？虎到底去了哪？

這裡妖氣沖天，零不可能沒有發現，若不是這塊區域被屏蔽了，就是零打算袖手旁觀。

獅爺既焦急又猶豫，最後他決定放手一搏。

若兩極命喪於此，也是天意。

他自衣襟內側抽出符咒，嘴裡迅速念起咒語，符咒變成一個迴旋鏢，他用力將之朝河女們的頭髮擲去。

銳利的迴旋鏢準確地劃了一圈，割斷河女們的長髮，河女們施力的支撐點落空，頓時腳步踉蹌。

面對突來的狀況，妖怪們只呆愣了不到零點一秒便爭先恐後撲上黑色球體，而感受到束縛力減弱的封及時反應，用盡全力釋出最大風速，捲起大型龍捲風，所有妖怪淒厲尖叫，小妖更是頓時飛散，鬼魅們則連忙逃離現場。

被切斷頭髮的河女失去力量，狼狽地逃入河裡，而山男見大半的妖怪都逃走了，自覺是個好機會。他就算被風攻擊也不會受到太大損傷，只要在被傷害到無法動彈之前，吞了兩極，他便能夠登上眾妖之頂。

於是，山男打算給任凱最後一擊，卻發現任凱不知何時消失了。他轉而抬起大腳，踩向封所捲起的龍捲風中央——

被拖進水中的小虎呼吸困難，水虎在河裡的移動速度太快，他就算睜著眼睛也看不清周遭，更別說此時眼前一片黑暗，只感受得到水的冰冷與流動。

再怎樣擁有強大的力量，小虎也只是人類，沒有氧氣一樣會死。他的肺部十分痛苦，手中的鏈子仍舊纏繞在水虎身上。

小虎伸手想抓住身邊的東西，試圖借力使力讓水虎停下來，可四周全是碎石。指尖傳來劇痛，鮮血汩汩流出，他感覺自己持續被帶往深處，幾乎就要窒息，水虎顯然想置他於死地。

不能死在這裡，他若在此死去，一切就白費了。

他用力抓緊鏈子，以僅存的意識釋放力量，雙眼變成褐色，手中散發出陣陣白光，水虎的速度慢了下來。

小虎用力一扯，纏在水虎身上的鏈子猛然收緊，將水虎整隻牢牢捆住，水虎依舊想要向前，但鏈子束縛的力道越來越大，並且不斷延長，如蛇般纏繞。

水虎力量一鬆，小虎終於抓到機會，立刻往上游去，探出河面大大吸了一口氣，不斷咳嗽。

一看到附近的景象，他便明白了些什麼。

這是前往零派家宅的必經之路，水虎選擇往這游絕對不會沒有原因。

他冷著目光，抓緊手中的鏈子，將水虎拉過來。

「是零派你來的嗎？」

然而無論身上的鏈子纏得多緊，水虎就是不肯開口，小虎伸手捏住水虎的鼻子，迫使牠張嘴，這才赫然發現水虎的舌頭已經被割掉。

「如此狠毒，必定是零的作風。」小虎憤怒不已，之前的蛇精只是虛晃一招，真正的殺手在這，而他也的確差點就要被殺掉。

就在小虎分神思考時，水虎稍稍掙扎，幾十隻河童頓時跳出。

「你的手下啊。」小虎冷笑，發現河童們個個牙尖爪利，雙眼腥紅。「看樣子阿零給你們進行了血洗。」

所有河童一齊撲上，利爪抓傷了小虎，鮮血噴湧而出，他從未如此狼狽過，卻不為所動。

貔貅扭曲空間從後方躍出，怒吼著咬開幾隻河童，小虎隨即制止了牠。

「不要動手，我沒有喊你出來。」

貔貅怨懟地看著小虎，好像在說：沒有我你要如何自保？

「除非我快死了，否則讓我自己解決。」小虎堅定地對貔貅說，「你的體力與力量留到需要對付零的時候。」

貔貅甩甩尾巴，看起來不太高興。牠走到一棵樹下趴下，一臉等著看小虎打算怎樣表現的表情。

渾身是血的小虎冷酷一笑，原本縮到旁邊的河童們見貔貅不再出手，馬上再次往小虎撲去。

小虎手上一使勁，捆著水虎的鏈子變得粗大，瞬間將水虎勒斃，肉塊與血水噴散，濺到了河童身上，所有河童失去頭領，不禁一愣，小虎的身子也被染紅，白髮都成了紅髮。

貔貅同樣沾到了一些血，不滿地拍拍尾巴。

水虎在須臾之間被殺，河童們卻沒有呆愣太久，很快便再次衝上伸出利爪。

小虎將鏈子收回，隨即狠狠甩出，鏈子就像有生命般在空中扭動，如同與小虎心意相通似的，準確地鞭向每一隻衝過來的河童，招招致命，每一鞭都打得河童徹底滅形。

剩下還沒發動攻擊的河童見狀，都猶豫起來。硬著頭皮進攻必死無疑，可是又不能退……

「來啊，阿零給你們血洗，目標就是要取我的頂上人頭吧？如果沒拿到我的首級，不會被興師問罪嗎？」

小虎的話提醒了河童們。是啊，失敗的話，等待著他們的依舊是死亡，那倒不如一拚，也許還有機會。

河童們一同發起攻勢，想要來個速戰速決，但小虎渾身綻放出白光，光芒迅速延伸至手裡的鏈子，染血的白髮隨風飄揚，鏈子有如舞動的白蛇，轉眼間殺死所有河童。

現場血腥一片，連河水也被染紅，小虎擦掉臉上的血跡，呼喚在樹下看戲的貔貅，貔貅老大不爽地注視著血流成河的場面。

「帶我回去封在的地方。」小虎對牠說。

貔貅瞪著小虎，好像在說「別以爲我可以呼之即來揮之即去」，不過依舊微蹲讓小虎坐到自己身上。

「我有時會疑惑，爲何你會待在上一世的瘟身邊……」小虎低喃著意義不明的話語，貔貅當作沒有聽見，後腳一蹬，往空中飛去。

封正用盡全力維持強勁的龍捲風，然而山男以泰山壓頂之勢踩來，她頓時難以支撐，雙腳往地面下陷了一些。

「不、不要……」被獅爺及時拉到一旁的任凱虛弱無比，他看見九夜正和白色狐狸廝殺，趕緊對她喊：「救封，快點救封！」

九夜嘖了一聲，趁著空檔從後腰抽出另一把同樣浸泡過彼岸花毒液的短刀，朝山男的方向射去，刀的軌道被風吹得偏移，只刺中山男的腳背，效果有限。

山男狠狠踩了幾下封颼起的龍捲風，接著雙手往龍捲風拍下，像在打蚊子一樣。

從天而降的小虎正巧看見這一幕，他瞪大眼睛怒吼著從貔貅身上跳下，手中鏈子用力一甩，纏繞住山男，接著，他在空中翻了一圈，踩在鏈子上奔到山男的肩膀位置。

山男伸出左手想拍扁在自己右肩上的小虎，小虎很快繞到另一邊的肩膀上，扯動鏈子捆緊山男的脖子，接著，鏈子忽然生出許多尖刺，令山男的脖頸被刺得鮮血淋漓。

此時，封從山男的手裡掉出來，因爲有龍捲風的保護，山男的攻擊並未對她造成太大傷害，但仍然讓她受到相當程度的驚嚇，身體也被震得彷彿五臟六腑都移位了。

她努力用風穩住自己的身軀，以免慘摔到地上，她看見小虎正在和山男苦戰，卻找不到任凱，九夜和獅爺也不知道在哪裡。

「封葉，妳沒事吧？」小虎朝封喊道。

「我沒……」話還沒說完，山男一掌拍向小虎，封瞪大眼睛。

不！不要！

不要又死在我面前！

封放聲尖叫，強烈的風刃自掌心射出，一擊命中小虎鏈子傷及之處，將山男的頭顱整個割下。

山男龐大的身軀仰天倒下，封立刻跑了過去，用風將小虎帶起來。

「不要，不要死啊！」她看著渾身是血的小虎，急得直掉淚。

小虎身軀顫了顫，劇烈咳嗽起來，他睜開眼睛看著流淚的封，露出笑容撫摸她的臉頰：「我沒事，櫻。」

櫻？

封一愣，這個名字好熟悉，她似乎聽過有人這麼喊……

「沒死吧？」九夜喘著氣走到他們身邊，同樣全身上下無一處不是傷。

「妳那裡也解決了？」小虎撐著坐起身，環顧四周，放眼望去全是妖怪的屍體和肉塊，其他該逃的都逃了。

獅爺攙扶著任凱從樹林裡一跛一跛走出來，所有人都受了重傷。

「我得趕快爲你們治療！」封強忍著快要暈倒的感覺，正要揚起治癒之風時，九夜卻氣沖沖地衝到任凱面前，給了他一巴掌。

「妳做什麼？」獅爺立刻將任凱拉開。

「你這樣還算是保護兩極的瘟嗎？你到底能爲她做什麼！」九夜吼著，眼中充斥憤怒。

任凱什麼也沒有說。若是在尚未覺醒前就算了，覺醒之後，他還是沒能好好保護封。

他看了封和小虎一眼，小虎剛才是多麼奮不顧身，他都見到了。爲何勇往直前的人不是他？爲何他所擁有的力量如此渺小？

「都沒事就好，不要吵了。」封開口緩頰，趕緊釋放出風將所有人的傷都治好。

「妳自己的傷還沒……」小虎話還沒說完，封就暈了過去。

夢中有一片美麗的草原，封在上面玩耍，她回過頭喊了身後的少年，而少年追上她，對她微笑。

那笑容好溫柔，這幅景象好熟悉。

可是，她看不清楚他的臉。

你是誰？讓我看看你的臉。

少年拉起封的手，無論兩人靠得多近，少年的五官依舊模糊，只有那令人懷念的笑容清晰而鮮明。

「封，妳沒事吧？」任凱的聲音在耳邊響起，封迷迷糊糊睜開眼睛，發現自己躺在床鋪上。

「這是哪裡？」她緊張地東張西望，這裡看起來像是醫院的病房。

「妳還沒治好自己的傷就暈倒了，我們必須趕快讓妳接受治療，但那些傷太過離奇，醫生一直問是不是被野獸攻擊了，獅爺只得修改他的記憶。」任凱虛弱地笑。

「學長，你怎麼了？還不舒服嗎？」封輕撫任凱的臉頰，任凱將自己的手覆在她的手背上，神情十分難過。

「很抱歉，我沒有把妳保護好。」

「不要再說這種話了，你沒有死掉，這對我來說才是最重要的。」封咬著下唇，眼眶泛淚。

任凱當然明白封的心意，可是想到小虎的表現，他就覺得自己窩囊至極。

「那妳現在還有哪裡不舒服嗎？」任凱親吻著封的手心，封大吃一驚，整個臉紅了起來。「臉嗎？」

「學、學長！」封連忙收回手，不過看見任凱露出惡作劇得逞的促狹笑容，她就覺得自己好多了。

「我們必須趕快抵達零派，昨天那場攻擊應該讓妖界元氣大傷，但還是不可大意。小虎說要快點，避免遇到更高階的妖怪出手。」任凱拉過封的手，緊緊握住，「妳現在可以治好自己的傷了嗎？」

「可、可以，可是你要先放開我的手……」

見封如此緊張，任凱感覺胸口騷動不已，想也沒想便俯身吻了封。

封瞪大眼睛，任凱的氣息是如此接近，讓她一瞬間幾乎失去了思考的能力。

忽然，任凱整個人跳起來往後退，滿臉通紅的看著同樣紅透臉頰的封。

「我、我出去等妳，治好傷就、就出來！」任凱慌慌張張地開門出去，還被門檻絆了一下，差點跌倒。

門一關上，封馬上用棉被蒙住自己的頭。

啊——

天啊！剛剛發生了什麼事情！

任、任凱居然親了她！

封在床上滾來滾去，無聲尖叫著，結果摔到床下還扯到傷口，因此痛了好一陣子。

她治好自己的傷，在房內深呼吸好幾次，確定自己的臉沒有那麼紅以後，才下床走出病房。

「都準備好了嗎？」小虎見她出來，微笑著問。

「嗯……」封偷瞄了任凱，再度臉紅起來。

這個小小的舉動逃不過小虎的眼睛，可是他不會多問，就算心痛……不，正是因爲會心痛，所以才不多問。

「對了，九夜呢？我記得之前有看見她。」

「她離開了，不過一定還待在我們附近，畢竟越接近零派的根據地越危險，她會等候我們通知。」小虎來到醫院的自動門前，對獅爺點點頭。

獅爺回頭再去對醫生和護理師進行最後的記憶重置，封則跟在任凱身後，一行人坐上一台新的車子離開。

九夜站在樹梢上，看著他們坐著她幫忙弄到的車離去，嘖了聲，回想著方才與小虎的對話。

「我知道你想保護兩極與瘟一輩子，這的確是個崇高的理想，但你能夠看著他們相愛？」在醫院候診室裡，九夜質問。

「當務之急是解決阿零的事情，這些情愛不是重點。」小虎依然保持著一貫的微笑。

「對我而言是重點。」九夜瞇眼，「你應該明白，你之所以是最好的選擇，是因爲要瘟不去碰觸兩極是不可能的，但兩極和瘟的孩子將會是混沌，到時候他們還是會面臨被扼殺的命運。只有你不僅愛著她、具備保護她的能力，同時又能控制自己，不讓她因生下孩子而成爲容器。」

「談這些都太過遙遠，我說了，眼下最重要的不是這些小情小愛。」小虎重申，眼底帶著不容置疑的堅決。

「瘟的能力不夠強，他沒辦法保護兩極。」九夜雙手握拳。

「任凱已經很努力了。」小虎說。

「這裡離零派很近，結界不會有用……加上妖界死傷無數，只怕我們的目的都已被知曉。」獅爺在一旁提醒。

「我知道阿零心裡多少有數，否則他也不會派水虎來殺我。」

「您是說……」獅爺瞪圓眼睛，九夜也流露出驚訝之色。

「阿零想先下手爲強，他要殺我。」小虎用手指敲著椅子邊緣，「一旦回到零派，他下手的機會將更多，卻也更難成功，不管怎麼樣，我們都要快點回去。」

獅爺咬緊牙關。

「獅爺，我仍然是那句話，你要怎麼做，隨你決定。」

九夜瞪向獅爺，她可不允許這魁梧的男人改口說要站在零那邊，若眞如此，她會先殺了這男人。

「獅當年跟隨虎離開家門後，便將虎視爲唯一的主人。」獅爺單膝跪下，語氣恭敬。

「倘若需要與你父親交戰，你下得了手？」

獅爺猶豫了一下，將頭垂得更低，「我不能保證，但我絕不會讓私人情緒影響到作戰。」

「這是戰爭，一絲猶豫就能要你的命，若三心二意，不如躲得遠遠的別礙事！」九夜嚴厲地說。

「他只活了這一輩子，又只是人類，如果太過心狠手辣，反而叫人害怕。」小虎說。

「你們會被自己的仁慈害死！」九夜甩了一下頭髮，神情微慍，「必要之時，我只會保護兩極。」

「我理解。」小虎揚起堅定的笑。

九夜離開後，任凱從封的病房出來，滿臉通紅，小虎神情複雜地撐著笑容。

九夜的雙眼難得流露出痛苦，更別說將兩極與瘟相愛的模樣看在眼裡的小虎。

那樣子，你眞的有辦法承受嗎？

未來，你眞有辦法心平氣和看著心愛的女人和其他男人幸福廝守？

九夜勾起悲慘的淡淡微笑。

濃濃的血腥味飄散在風中，傳到了零的房間。

他輕搖著扇子，節奏已不如往日那般悠然。在貔貅沒有出手的情況下，小虎依然取得壓倒性的勝利，看樣子情況不妙。

「難道妖界發動這麼大規模的攻擊，都沒有前兆？」零低低開口，他身後有名穿著鮮紅和服的女人坐在棋盤前，自顧自將某顆棋子推前一格。

「將軍。」紅葉輕柔地說。

「發覺大量妖怪出現騷動，我才派出水虎，但難道鬼女一族不知道妖界的行動？」零轉過身，臉上已經沒了笑容。

紅葉的表情也嚴肅起來，拉了拉和服下襬站起身。

「契約中並未要求妖界有任何動靜都要向您稟報。」

「但如此大的事端，爲何不主動告知？」

「這很重要嗎？兩極還活著，虎也還活著，況且我們鬼女並沒有擅自行動。」紅葉說著，故意露出一副恍然大悟的樣子，「還是說，虎還活著，對您來說才是麻煩？」

零手一甩，一道青藍光芒閃過，紅葉被狠狠打了一巴掌。

「紅葉小姐！」阿滿立即從妖道現身，紅葉伸手擋住她。

「這裡是什麼地方？容妳這樣隨意闖入？」

「可是……」阿滿護主心切，甚至大不敬地瞪著零。

零再次反手揮出，藍光如火焰般灼燒上阿滿的身軀。

「啊啊啊——」阿滿發出淒厲的尖叫，紅葉大驚失色，趕緊對零說：「您這是做什麼？我們可是眞心站在您這邊！」

「妖怪能有什麼眞心？不這樣對付，妳們倒忘了主子是誰啦？」零的面龐映著青色光芒，看起來異常猙獰。

紅葉身軀一僵，眼神變得清冷，「阿滿，妳先回去吧。」

火焰的灼燒逐漸減弱，阿滿狼狽地逃回妖道，而紅葉站直身子，靜靜看著眼前的零。

「下次，妖界再有任何針對兩極的行動，務必稟報。」零轉過身，看向天上的圓月。

「是。」紅葉微微欠身，旋身踏入妖道。

下一刻，她面容丕變，眼尾上吊，強烈的怒氣令她的臉龐更顯恐怖，頭頂更是伸出了角。

居然膽敢如此羞辱她們鬼女，在她面前傷害她的下屬！

這個仇，她絕對會報的。

封站在巨大的門前，左右兩邊的石牆像是沒有盡頭般延伸而去，這道少說有三公尺高的深色木門就是零派宅邸唯一的出入口。

「這裡……好安靜。」任凱側耳傾聽，四周沒有其他聲響，連蟲鳴鳥叫都聽不到。

「這就是零的結界，霸道地隔絕一切。」小虎皺起眉，這個地方依舊讓他發自內心厭惡。

而獅爺嚥了口口水，對站在外面的封說：「兩極小姐，請回車上吧。」

「但我們是不是要按個電鈴還是做什麼，他們才知道……」話還沒說完，木門便往兩邊打開，裡面站了兩排身穿黑色工作服的人。

「上車吧，封。阿零不可能不知道我們的到來。」小虎冷著表情，再次踏進這個「家」，只令他感到作嘔。

第六章

「歡迎回來，小虎少爺。」

眼前像是電視劇裡才會看到的場面，左右兩邊大約總共有二十名下人，全都朝封等人乘坐的車子行禮。

「哇……小虎，你很了不起呀。」封驚訝地傾身說。

「我可不喜歡。」小虎一點也不自豪。

「妳坐好。」封還想多問幾句，任凱直接將她往後拉。

獅爺將車子停在庭院中，所有人準備下車。

零派大宅結合了中式與日式風格，外觀以白色與深咖啡色爲主，屋頂是歇山式的設計，建築本身則是木造結構，屋內所有門扉皆爲拉門。

他們的車子前方站著幾個人，看起來都相當有年紀，但並沒有瞧見曾經透過彩蝶看到的「零」。

下車前，小虎用嘴型叮囑封和任凱，從現在開始說話前都要經過思考，此處是零的地盤，他們將沒有任何隱私，所以務必謹慎。

這樣要怎麼知道何時開始行動？

任凱也用嘴型無聲地問。

到時候你們自然會知道的。

小虎回答。

於是，四人下了車。

即使所有下人都低著頭，還是隱約察覺得到躁動不安的氣氛，封覺得有好多雙眼睛注視著自己，尤其是——

「兩極。」

充滿磁性與威嚴的男人聲音傳來，所有下人紛紛將頭垂得更低，任凱感受到強烈的壓迫，而小虎蹙眉，封則是循聲望去。

她看見零，那個人長得與彩蝶幻化出的影像一模一樣，黑色長髮束在腦後，身穿深色長褂，嘴角帶著輕邈的笑。

零站在緣廊邊，搖著手中的扇子注視他們。

封認得這個人。

忽然，她掉下眼淚。

不只任凱與小虎，連零都愣了一下。

「妳怎麼了？嚇到哭了？」任凱低聲詢問，封拉著他的袖子，躲進他懷中。
她並不是因爲害怕，內心也沒有其他情緒，只是眼淚就這麼掉下來了，她不知道爲什麼。
她的靈魂是否記得自己從前被這人殺害過？所以才會不自覺地落淚。
看著埋在任凱懷裡哭泣的封，小虎壓抑住心痛的感覺，轉過來對零說：「許久未見，謝謝你隆重的歡迎。」
「也不算很久沒見。」零冷笑，他知道小虎的意思。
「主子啊，這樣眞的好嗎？」元老們在零的耳邊竊竊私語，兩極來到零派的事已傳遍各界。

眞是厲害呀，連續兩世的兩極都被零派得到。
下一次絕對要奪得……
這一次還是兩極主動送上門啊……

但是，瘟也跟著來了，這可不是好事。
元老們有些顧忌地看著任凱，雖然這名少年目前看起來無害，可是大家都知道瘟的能耐，也知道不久前妖怪們的血染滿了那條鄉間小路。
零卻一派輕鬆，只是再看了封一眼後，便擺擺手轉身：「帶他們去房間。」

會。

「主子！零主子啊！」元老們追上零，七嘴八舌地提出疑慮，然而零沒有理

不過他的心中浮現了疑慮，對這世的兩極產生好奇。為什麼她會哭？

他很快將這個疑問拋到腦後，他現在只需要思考如何處置送上門的兩極，以及怎麼處理掉小虎與瘟。

封望著零的背影，隨後被幾個穿著洋裝和圍裙的女孩包圍，她們向封行禮，領頭的是名不過十七、八歲的少女，「兩極小姐，我是藍兒，請讓我帶您去更衣吧。」

「咦？」封看向任凱，又看看小虎。

「這裡的下人們都知道兩極與瘟的傳說，他們大多是普通人，但既理解也接受你們的能力，藍兒的家族更曾經侍奉過前幾代的兩極，所以不用擔心。」

聽完小虎的話，封稍稍放下心來，偷瞄了眼任凱，「那我們……」

「瘟的房間不會安排在您附近。」面對任凱，藍兒轉而板起臉，趕緊推著封就要離開。

「瘟跟我同房。」小虎說，對任凱使了個眼色。

「小虎少爺，零主子說瘟必須在另外的房間。」藍兒皺眉。

「不行，不可以這樣！」封大喊，她不要任凱脫離她或小虎能夠注意的範圍。

聞言，所有下人一時陷入靜默。

「兩極小姐，請您不要激動，千萬不要使出能力傷害我們……」不久，藍兒彎腰行禮，身體微微顫抖。

「我不會隨便傷害任何人。」封說得有些心虛。

她一直覺得只要打敗零就可以了，但眼前這些人呢？是不是也要傷害他們？

爲了自己的幸福，爲了自己的生命，就要其他人送死嗎？

任凱牽起封的手，明白她又在胡思亂想。

誰不是自私的呢？

若不是受各界追殺，他們又怎麼會選擇深入敵營？

一切皆是環環相扣，不必要的同情與仁慈只會招致殺身之禍。

「如果已經決定要爲了自己、爲了我們，就拋棄無謂的罪惡感。」任凱在封的耳邊堅定地說。

聞言，封的情緒逐漸穩定下來。沒錯，爲了任凱，她一定要活下去。

而下人們看著兩人交握的手，個個神情不安。

「請不要做出這樣的事！」藍兒出聲制止，任凱拉著封往後一退。

「什麼樣的事？」

「就、就是這樣……牽著兩極小姐。」藍兒雖然顯得忌憚，還是勇敢地表達，「兩極小姐是我們零主子的人。」

一陣風倏地吹過，卻不是封所使出的，那陣風陰涼無比，在場眾人無不打了個冷顫，周遭浮現森森鬼火，幾名侍女發出低低的尖叫，只見任凱的目光凌厲異常。

「封葉不是你們主子的女人！」

這句話讓所有下人滿心疑惑。若不願歸順，爲何回來？

小虎擋到任凱與封的面前，帶著笑容對下人們擺擺手，同時另一隻手放在背後向任凱暗示。

如今兩極已經在此，零也不會著急，所以封暫時是安全的，倒是他和任凱處境比較危險，可能會被殺，必須提高警覺。

況且，既然是假裝歸順，如果第一天就引起騷動還得了。

「我想瘟的能力只有我制得住，所以各位何不放心讓瘟與我同住？阿零那邊我會自己去說。」

任凱收回那些充斥鬼氣的火焰，更加用力握緊封的手。封心裡覺得十分甜蜜，只要能和任凱在一起，千古罪人她也當定了。

藍兒勉強同意小虎的提議，和另外幾個侍女半推半拉地帶著封離開。

任凱望著封的背影，小虎則對獅爺搖搖頭：「你也有該去的地方吧？」

獅爺頷首，毫不猶豫地轉身往西邊走去。

獅家便在那裡。

封被帶到一個相當漂亮的房間，地面是以榻榻米鋪就，如同和室一般，床鋪也直接鋪在地上，封出於好奇伸手壓了壓那床，發現鬆軟無比，想必睡起來很舒適。

「走廊的底端有露天澡堂，是兩極小姐您專用的，基本上南側的房間全都屬於您，不用擔心被外人侵擾。」

藍兒的言下之意便是，兩極幾乎是被軟禁在這裡。

「那吃飯呢？看電視呢？」

另外幾個侍女拉開旁邊的拉門，裡頭的空間擺放了許多電器用品，不只電視、冰箱，甚至連遊戲機都有。

「我們會按時送上三餐，所有東西都爲您準備在此處，若有不足請隨時吩咐，必定馬上爲您補齊。」藍兒說。

「怎麼隨時吩咐？用LINE嗎？」

「我們會輪流在您身邊伺候。」藍兒指向另外兩個侍女。「請問您還有其他問題嗎？」

「妳幾歲了呀？在這裡工作多久了？」

藍兒輕輕挑起一邊眉毛，她沒料到封會問這種無關緊要的問題。

「我十八歲了，從小便跟著母親在零宅幫忙，直到十五歲才獨立工作。」

「小虎說妳家以前也曾經負責照顧過兩極？」

藍兒露出驕傲的笑容，「是的，那是一段風光的時期，零派的族人走到哪都備受崇敬，就連下人們也能得到良好的待遇，在人類世界也因兩極的庇佑而得到尊敬。」

「在妖界或是鬼界受到禮遇這我能夠理解，但爲什麼在人類世界也因此被尊敬？」

「就算擁有強大的能力，一樣需要金錢吧？所以零派在『正常世界』中有經營自己的事業，還經營得相當有聲有色。」藍兒說出一家企業的名字，是連封這個尚未出社會的人都知道的大集團。

想不到如此知名的企業集團，居然就是零派所經營。

「事業會如此成功，也是拜獲得兩極所賜。」

「那……上一世的兩極，是怎樣的人？」

藍兒停頓下來，凝視了封很久後才說：「這我就不清楚了，那些都已經是百年前的事。我去爲您準備衣裳。」

她行了個禮，拉起和室的門離開，從映在紙門上的影子可以看出，另外兩名侍女還守在外頭。

封嘆了口氣，環顧房內一圈，什麼都有，也什麼都沒有。

她蹲坐在床上，思索起未來的打算。

就如同剛才所決定的一樣，爲了存活，該做什麼她都必須去做，善良只會害了他們，就算不爲自己，她也要爲了任凱。

她要任凱好好活著，只要任凱活著，要她殺了誰都沒關係。

當反叛的時刻到來，也許今天所見之人都會死於她的手下，她必須有這樣的覺悟。

不過眞正的目標還是只有零一個。

零的面容再次出現在封的腦海中，她對零有印象，但這份殘留在心中的情感並非害怕。

若是因爲被殺死的記憶浮現，那麼她感受到的爲何不是恐懼，而是感傷？

這種心情難以言喻。

想著想著，她的眼淚又掉了下來。

「兩極小姐……」拉門突然被打開，看見封正在哭泣，藍兒輕輕皺眉，「您哪兒不舒服嗎？」

「沒什麼。」封趕緊擦掉眼淚，看向藍兒手上拿著的服裝。「我要換上那件衣服嗎？」

「是呀。您想先去泡泡溫泉嗎？」

「我不能穿自己的衣服嗎？我有帶行李過來。」

「您若不喜歡這件，我可以幫您換一件，但還是必須穿由我們準備的衣服才行。」藍兒說。

「不了，那就這件吧。」封搖搖頭，「有什麼原因嗎？」

「單純只是因爲零主子希望一切都在他的掌控之下。」藍兒微笑，伸手就要幫封脫下衣物。

「我可以自己來。」封趕緊拒絕。

「讓我們幫妳吧。」藍兒堅持，另外兩個侍女過來將封身上的衣服脫掉，速度之快讓封找不到時機拒絕，就這樣子莫名被推到露天溫泉那裡。

封感覺很不習慣，她從小到大從沒被這樣服侍過，更別說泡個溫泉還有人在旁邊看了。

「那個，藍兒，能不能打個商量？我可以一個人獨處嗎？」封忍不住開口。

「零主子說我們得盯著您才行。」藍兒低著頭恭敬地說。

「這麼多人我會不好意思……怪彆扭的。」

藍兒思索了一下，「若只留我一個人，您會自在些嗎？這是最低限度了，一定要有人跟著您。」

「當然！」對封來說，能少一個是一個，不光是比較自在，行動起來也比較方便。

於是，另外兩名侍女在藍兒的指示下，先回到封的房間去。

溫泉氤氳的蒸汽讓封覺得舒服極了，她已經許久沒有好好放鬆，雖然目前處境依舊不算好，但至少不用再害怕有妖怪或鬼魅出現。

封自然地哼起歌，卻在轉頭之際看見藍兒驚訝的神情。

「怎麼了嗎？」封有些害羞。

「不。」藍兒再次低下頭。

「說嘛。」她實在不喜歡別人說話只說一半。

「我聽我們家族的人說過，過去兩極剛來到這裡的時候，總是在哭，就像您剛才一樣。」

喔，可以想像。封無奈地心想。

「可是……我從沒聽說過兩極會唱歌。」

「兩極也是人，當然會唱歌嘍。」

「應該是說，兩極會沒有心情唱歌才是，您跟我所聽說的兩極不太一樣，明明是相同的靈魂，性格卻顯然不同。不像瘟，被瘟攀附過的靈魂投胎之後，依然被囚……」

講到這裡，藍兒意識到自己多說了不該說的話，趕緊閉上嘴巴再度低頭，無論封怎麼問都不再開口。

既然問不出什麼，封也放棄追問，乾脆全心享受溫泉，同時想著一件事情。

藍兒的家族服侍過以前的兩極，那一定知道不少上一代兩極的事，雖然不確定這些情報有沒有用處，不過能多些了解總是好的。封決定要慢慢套出一些事，就從藍兒下手。

距離封所在的南側廂房最遠的北側廂房，便是小虎與任凱的居所，這裡的空間比封那裡大上不少，但擺設差不多。任凱和小虎各自住在一間和室，不過兩人的房間其實僅有一扇拉門之隔。

「那隻花栗鼠眞的不會有事吧？」

「絕對可以放心。」比起封的安全，小虎更在意的是剛才零的眼神。爲什麼零見到封落淚會如此動搖？

「有什麼需要注意的嗎？」任凱問。

「有，小心別死於意外了。」小虎認眞地說。

「被意外是嗎？」任凱冷笑。

當天夜裡，任凱翻來覆去，始終睡不著，彷彿一閉上眼睛就會看見自己面對妖怪時的無能爲力。

他試圖在內心呼喚中二與車，過了一會兒，車才心不甘情不願地回應。

「有什麼事嗎？鬼也是需要休息的好嗎？」

「那些妖怪算是強大的嗎？」

「是中高階妖怪，已經足以讓我們陷入苦戰。」車在任凱心中回答。

「如果連對付那些妖怪我都如此吃力，當面對零時該怎麼辦？」

「我哪知道啊？但別忘了我們的協議，那時候兩極根本就沒有保護到我們！」車抱怨。

「有辦法再找到像你們這樣的鬼魅嗎？」任凱沒有理會，又提了另一個問題。

「我會問問看，不過機率不高。」車說。

「如果可以操控魔，那是不是……」

「想都別想。」一直默不作聲的中二突然打斷任凱的話，「魔難以控制，應該是說幾乎無法控制，只要一個差池，連你自己都會被吞噬。」

「那會怎樣？」

「兩極會死喔。」車幸災樂禍地笑。

「不要胡說八道。」任凱不悅地喝斥。

「我可沒亂說，要是你被吞噬，下場只有死亡，而看著你死亡的兩極會怎麼樣？八成會先崩潰再被殺死，當然，也可能被當成容器使用。」中二補充。

「反正呀，別妄想控制魔，魔也沒那麼好找，那些能力高強的異類，像是鬼仙、妖仙或是魔啦、神之類，基本上都不屑兩極，他們根本不需要靠兩極的力量來壯大自身。」車邊說邊打了個哈欠。「我要睡了。」

「我也想睡了，你需要我們守夜嗎？」中二問。

「應該不用，總不會第一晚就派人殺我們吧？」

「那可不一定喔。」中二笑了一聲。

這段只在任凱腦中進行的對話結束，零宅依舊一片寂靜，連根針掉落在地上都能聽見。

任凱沉沉睡去。

在夢中，他又一次見到任炎站在漆黑中說：「凱，你還有我。」

零的房間裡燭火搖曳，他不曾這麼晚還未入睡，但此刻他的內心充滿疑惑。

為何兩極看見他會掉下眼淚？

他待在存放族史的小倉庫內，翻閱著那些曾經。

輪迴了這麼多次，見過這麼多世的兩極，沒有一個看到他會流淚的，她們的眼裡全都只有恐懼與憎恨。

紙門外忽然閃過白光，零站起身，關起小倉庫的拉門後加上一層符咒，這才拉開通往緣廊的紙門。

貔貅昂然站在外面的庭院中，玻璃珠般的雙眼直盯著他。

「怎麼？」零雙手環胸，斜倚在門邊。

貔貅甩動尾巴，抬頭看了眼天象。

零也跟著仰望天空，星光點點，無雲無月。

「上次這樣一起看著星空是多久以前了？」零失笑。

貔貅哼了一聲，往空中躍去，消失在黑夜裡。

零一時陷入回憶，隨即恢復冷酷的神情，回到房內熄掉燭火。

他輪迴了好幾世，記憶也傳承了好幾世，很多最早的事情早已記不清，留下的全是「占有」的渴望。

他要權力、要力量、要所有的一切，其中也包括兩極。

初衷是什麼，他早就忘了，也不再重要。

零閉上眼睛。不知從何時開始，他已不再擁有夢境。

只有全然的黑暗。

隔天一早，封神清氣爽地醒來，一張開眼睛就看到藍兒站在身邊。

「哇！妳這樣看我睡覺多久了？」封拉起棉被遮住自己的臉。

「兩極小姐，請您放心，我並沒有一直盯著您看。」藍兒依然維持著恭敬的態度，「您要先用餐，還是先梳洗，或是想泡個溫泉呢？」

「這個，我需要妳先迴避一下……」

「恕難從命。」藍兒微笑。

封只能投降，讓藍兒幫自己打理。

她敢打賭，只要再多住上一個月，她就會變成完全的廢人，什麼事情都不需要自己動手，茶來伸手飯來張口就好。

前一世成爲了容器的兩極，大概就是像這樣被對待吧。

「我今天可以去見學長嗎？」封穿著兩件式洋裝，她來到庭院裡餵魚，嘴上試探著問。

「您是說瘟嗎？除非零主子允許，否則不行的。」

「那小虎呢？」

「除非小虎少爺過來找您，否則您也不能主動去拜訪。」藍兒說。

「為什麼？」封十分不解。

「因為小虎少爺是被選上的人。不過照這個樣子看來，下次那個任……」藍兒說到這裡又停住，敲敲自己的腦袋，「我啊，就是太容易說溜嘴，不行不行！」

「說嘛，妳又沒說完。」封纏著藍兒問。

「不行啊，兩極小姐，請您別這樣。」藍兒推著封，想喚來其他兩個侍女幫忙。

「小虎少爺來了！」其中一個侍女忽然喊。

小虎來了！

封開心地望去，只見小虎穿著白色長褂，配合著他的銀白髮，像是會在電視劇裡看到的仙人一樣。

不過封失望地發現，任凱沒有和小虎一起來。

「別表現得那麼明顯呀。」小虎苦澀地笑，「瘟不能隨意過來。」

「可是，我好想見學長喔。」封沮喪到沒意識到自己有些失禮。

來到零派宅邸後，他們就沒有再見面了，至今已經過了一個禮拜。

連說話都不行，手機也被沒收，明明距離很近卻像遠在天邊。

「很快就可以見到他了，而且他很平安，沒事的。」

什麼時候要開始作戰？封很想這麼問，又不能說出來。

在這座宅邸就連使風都會被制止，更別說是練習了，但就這樣安逸下去也不行，這樣彷彿之前所有的緊張都是假的。

「別擔心了，一切都很好。」小虎微笑，「好了，我要離開了，妳好好放鬆吧，這宅邸的溫泉可是很不錯的。」

「我已經每天照三餐泡了。」多虧如此，她的皮膚變得白裡透紅又滑嫩。

小虎笑了幾聲，又不知從哪裡變出白瓷杯交給封，「多用這個喝茶，儲存體力吧。」

「我老是會弄不見……」封苦笑。

「別再弄不見了。」小虎拍拍她的手背，有個東西趁機迅速從他手裡溜出來，鑽到一旁的樹叢中，速度之快讓封來不及看清楚，藍兒更是完全沒有發現。

小虎意味深長地對封笑了笑，轉身離開。

封很想去確認那是什麼東西，不過她必須小心，以免被藍兒發覺異樣。

用想的容易，真要做到卻很難，藍兒雖然總是畢恭畢敬低著頭，然而視線從沒有離開過封一秒，封懷疑她根本不需要眨眼睛。

「我去泡澡好了。」

「沒問題，讓我來爲您梳洗。」藍兒說。

這實在是奢侈的享受，封這一個禮拜以來泡溫泉的次數比過去十六年加起來還要多。

要是可以讓她的爸媽也試試……罷了，現在想起過去都只叫人傷心。

封擦掉眼淚。以前的兩極是否也曾泡著溫泉流淚？當時在想些什麼呢？

「那裡有隻貓。」某個侍女忽然說，所有人依言看去，果然有隻虎斑貓待在溫泉附近某棵樹的樹梢上。

「怎麼會有野貓跑進來？」那名侍女滿臉狐疑，「不太對勁。」

「這裡有結界，照理說不可能有動物能夠進來，難道是妖怪？」另一個侍女猜測。

「同理，有結界在，妖怪也不可能進來，看來是我們族人施的小法術，大概是為了偷看兩極小姐的廬山眞面目吧。」藍兒下了結論，封瞬間紅起臉。

「什麼、什麼眞面目？我現在可是沒穿衣服呀，快把牠趕走！」封沉下身子，只剩下一顆頭露在水面上。

「是的，小的這就去將貓趕走。」藍兒輕笑，朝樹的方向走去。

但無論她在下面如何呼喊，甚至威脅要向零報告，那隻貓就是不動如山，藍兒只好捲起袖子，「看樣子沒辦法了，我爬上去吧。」

「欸，小心呀！」封看著藍兒撩起裙襬，這名少女居然打算爬樹。

「兩極小姐請放心，我小時候可是爬樹高手呢。」藍兒笑著說，俐落地攀上樹幹，就這樣往樹上爬去。

「是嗎，那妳小心一點……」封見另外兩個侍女絲毫不擔心，加上又是她要求把貓趕跑的，因此只能隨藍兒去。

不過那隻貓似乎在笑，表情相當不懷好意，封頓時有了不祥的預感。

「哎呀——」果不其然，藍兒驀地驚呼一聲，明明就快要碰到貓了，腳卻不知怎麼地踩空，從樹上跌落。

封來不及反應，才剛要使出風，藍兒已經屁股著地，痛得眼淚直流，倒在那裡無法動彈。

「我去叫醫生！」一個侍女馬上奔了出去。

而另一個侍女原本要過來幫封穿上衣服，封趕緊拒絕：「我自己穿啦，妳去看看藍兒有沒有受傷。」

侍女點點頭，焦急地跑到藍兒身邊，只見藍兒似乎真的很痛，一動也不動。

封穿好衣服，正要過去藍兒那裡的時候，突然意識到此刻正是絕佳機會。沒人守著她，她只要趁機溜走就能去見任凱了，她真的好想他。

一想到能見到任凱，她便開心得彷彿要飛起來。

「好痛喔，骨頭可能摔斷了……」藍兒痛苦的低泣聲將封的心思拉回來。

八九不離十，害藍兒摔下來的罪魁禍首想必就是小虎剛剛釋放出來的東西，封猜測應該是什麼無關緊要的小妖怪，才有辦法在零的地盤搗亂。

看藍兒這麼痛，封也不好意思逃走了。

於是，她走到藍兒身邊，握著藍兒的手，「藍兒，不要擔心，我很快就能治好妳的傷。」

說著，她的掌心出現一道小小的旋風，居然是金色的，這讓封很訝異。以往的風都沒有顏色也沒有形體，她只能感受到它的存在，此時卻可以清楚看見彷彿有金色的線與風一同旋轉著。

「這能夠治好妳的傷。」封輕聲說。

「不能！請不要，兩極小姐，妳不可以在這裡使用風……」藍兒害怕地抗拒。

「這不會傷害妳的。」封用力壓住掙扎的藍兒。

「不、不要！不要！」藍兒驚慌地喊著，恐懼表露無遺。

「天啊，我就說了不會傷害妳，不要怕！」手中的風擴大，金色的線並沒有消失也沒有變粗，依舊隨著風旋轉。

「快通知零主子啊！兩極小姐想反叛！」藍兒大喊，另一個侍女趕緊要跑。

「反叛？什、什麼？我才沒……」封想也不想就甩出另一陣風，將要去通風報信的侍女包覆起來。

見狀，藍兒更是驚恐，拚命地想挪動身子。

「我只是想幫妳！」

封只覺好心沒好報，她二話不說收回包覆著那名侍女的風，隨即用金色的風包圍住藍兒。就在藍兒又要尖叫、侍女再度要逃的時候，藍兒感覺到身上的疼痛消失了。

「快來人！」侍女已經衝到外面去喊。

而藍兒不可思議地看著封。

「可以站起來了吧？」封沒好氣地說。

「您治好了我？」藍兒慢慢站起身，她的傷眞的好了。

「對，我已經說了，我是要幫妳治療。那個女孩子還跑去叫人了耶，等一下該不會有一堆人拿著箭對準我吧？」封忍不住碎碎念。

過了一會兒，果然有一群人跑了過來，個個神情緊繃得好像眞的要戰鬥了一樣，爲首的是一名拿著鞭子的少年。

「藍兒，妳沒怎樣吧？」少年緊張兮兮，雙眼緊盯著封。

吼，眞是無辜欸，她明明沒做壞事！

封氣得雙手環胸，頭撇到一邊。

藍兒遲疑了一下，對少年說：「沒事了，是我們大驚小怪。」

「可是兩極使用了能力對吧？」少年又說，抓緊鞭子。

「她是爲了治療我。」

「治療？妳受傷了？」少年立刻跑到藍兒身邊，將手放在她的肩膀上，不住上下打量。

「沒有啦，都已經好了！」藍兒甩開他的手，「這裡是兩極小姐沐浴之處，你們幾個男人闖進來成何體統？快出去！」

「真的沒事嗎？」少年再次確認，得到藍兒肯定的答覆後，才悻悻然離去。

封氣呼呼的返回房間，一直到了晚上都還在生氣。她晚餐的時候多吃了兩碗飯，還吵著要吃消夜，到了就寢時間時，始終站在門邊的藍兒忽然跪坐下來，讓封嚇了一跳。

「兩極小姐，我想向您道謝，謝謝您白天拯救了我，我卻誤會您是想反叛。」她的聲音微微顫抖，封頓時不那麼生氣了。

「說拯救太誇張了，只是治好妳的皮肉傷。」封有些害羞地擺擺手，況且他們的確有打算反叛……應該是說謀反。

「不，一點也不誇張。」跪坐在榻榻米上的藍兒上身貼著地面，「從小到大，我的家族都教導我，兩極所用的風是邪惡的能力，會傷害我們，但今日您卻治癒了我。」

「這個能力能傷人也能救人，世界上很多事物不都是如此嗎？端看如何使用而已。」封微笑，她不會否認自己傷過妖怪與鬼魅。

「您真的和我所聽說的兩極很不一樣。」藍兒也露出笑容。

「先前的兩極是怎樣的人呢？」封又問了一次，這回藍兒沒有避談。

「或許告訴您也沒有關係，畢竟過去的兩極也是您，只是您不記得罷了。」

藍兒說起在自己家族中流傳的傳說。

「兩極小姐很美，非常美，那一世的兩極光只是站著便能蠱惑妖怪，就像眞正的洋娃娃，無論是生下孩子前，還是生下孩子後，都幾乎沒有差別，沒有感情、沒有表情，只見她掉過幾次眼淚，一直到老都像個洋娃娃。」

「就這樣？」

「還有就是……」藍兒停頓一下，「嗯，我的族人說，兩極就是會吃飯和呼吸的洋娃娃。」

「我會說話，也還會動。」封轉了轉手腕，「那個兩極從來沒有試圖使用能力逃走過？」

「似乎沒有，可能放棄了吧。」

「也是，一個人在外面也逃得累了，或許她很寂寞，或許活著跟死了也沒有兩樣吧。」封吸吸鼻子，想到過去自己曾住在這個地方，而如今又回到這裡，就覺得萬分感傷。

藍兒有些訝異，「兩極小姐，您也會感覺寂寞嗎？」

「有學長和小虎的陪伴，我並不寂寞。」封毫不猶豫地回答。

「瘟和小虎少爺嗎……」藍兒嘀咕。

「怎麼了嗎？」封揉著眼睛，已經有些睏了。

「沒什麼。兩極小姐，您該休息了。」藍兒拉開被褥，要封躺下。

「嗯。」封乖乖蓋上棉被，覺得今天特別的累，不知道和使出金色的風有沒有關聯，不過她還來不及深思就睡著了。

聽到封平穩的呼吸聲，藍兒離開房間，輕輕拉上門扉，和外面的侍女交接後，便往自己的房間走去。

走在緣廊上，她突然瞥見樹叢中有對發亮的雙眼，先是嚇了一跳，隨即看到一隻漂亮的虎斑貓走出。藍兒凝視半晌，而後恭敬地鞠躬。

「小虎少爺。」

「妳還記得呀。」小虎從另一邊走出來，彈指兩下，虎斑貓便如幻影般消失。

「剛剛才想起來，小虎少爺您小時候與零主子一起練習製造動物幻影的時候，出現的永遠都是虎斑貓。稍早浴場那隻貓也是您的吧？」藍兒抬起頭微笑，「是想偷窺兩極小姐？」

小虎聳聳肩，沒有回答這問題，「話說，妳跟兩極變得很要好啦？居然會和她提起之前那個兩極的事。」

「我並沒有別的意思，只是兩極小姐問，我便略述所知罷了。」話雖這麼說，不過她很明白自己的確多嘴了。

「那妳先前面對她時，沒有說完的話是什麼呢？」小虎又問。

藍兒垂著頭，她的失言果然還是被注意到了。

小虎的手中浮現一顆球體，接著瞬間放大，籠罩住他們兩人。

「這樣就聽不見了。」

「零土子會知道有人布下了結界。」藍兒低聲說。

「是呀，但他聽不到。」小虎挑眉。

「……我沒有告訴兩極小姐，您曾經是瘟。」

小虎很平靜，「沒有必要說。」

「是的，我也如此認爲。」藍兒再度抬起頭，「小虎少爺，我的家族祖先們親自服侍過兩極，所以我一直覺得自己所聽聞的那些關於兩極的事蹟，一定是最眞實的，但如今當我眞正接觸到兩極小姐時，卻覺得十分矛盾。」

藍兒想起爲自己治療的封，她從來只聽過兩極會毫不猶豫地傷害人、殺死妖怪鬼魅，完全不知道兩極的能力還包含治療。

「她是人類呀，跟我們一樣都是人類，有著憐憫之心、有著惻隱之心，會哭會笑的人類，怎麼會是容器呢？您所認識的兩極也是如此嗎？」

「妳指的是什麼？像個人類這點嗎？」小虎淡淡地問。

藍兒點頭。

「她一直都是人類。」小虎苦笑。

「小虎少爺，關於瘟與兩極注定相愛的傳說，也是眞的嗎？那您至今依舊愛著兩極小姐？」藍兒的問題讓小虎擰起眉，她立刻垂下頭，「我逾矩了。」

「不礙事。」小虎沒有追究。

安靜了一會兒，藍兒重新抬首。

「還有一件事情，我不知道該不該說，平時我絕對不會說的，但此刻我的內心實在有太多矛盾。」

小虎擺擺手。

「這是我們家族的一個傳說，眞實性我不確定有多少，也從來不敢告訴別人。可是小虎少爺，因爲是您我才說的，希望您別告訴任何人。」藍兒壓低聲音，「我的祖先歷代服侍零派，他們曾說過，百年之前，當零主子得到兩極小姐時，並不僅僅只因爲能夠振興家族而欣喜，那份喜悅中包含更多的是柔情。」

小虎皺眉，柔情？

零一直以來都是冷酷的，只懂得殺戮。

「那時零主子拖到無法再拖之後，才讓兩極小姐生下孩子，還是元老們一直催促的關係。而後兩極小姐成爲沒有靈魂的人偶，零主子也依舊細心照料著她。」藍兒說得飛快，臉頰因興奮而漲紅，「我們家族傳說，零主子是眞心愛著兩極小姐的，但這太過荒唐，所以我們從來沒有傳出去。」

「的確太荒謬了，別再提這事。」小虎彈指，結界瞬間消失。

藍兒明白這表示小虎不打算再繼續交談，微微鞠躬後便離開長廊。

小虎看向封的房間所在的方向。

零愛著兩極？

笑話。

零曾殺死兩極，也殺了瘟，還讓兩極成爲人偶。

那樣的男人怎會懂得什麼是愛？

小虎轉身往自己的房間走去，將這夜聽到的話當成無稽之談。

第七章

來到零派大本營將近一個月後，封終於能夠在許可的範圍內走動，由於前些日子治好藍兒的傷，讓兩極的力量包括治癒這件事傳遍了零宅上下。

同時她也透過聊天得知，之前那拿著鞭子的少年是藍兒的青梅竹馬，叫做鐵兒。在零宅工作的人大多是和零有血緣關係的遠房親戚，通常做些打雜的工作，或是負責和外界的生意往來，擁有特殊能力的只有與零血緣接近之人。

鐵兒從小便具備超群的能力，除了擅長使鞭之外，還會一點點符法，因此零時常派他去斬除小妖累積戰鬥經驗；如今兩極來到零宅，鐵兒便自告奮勇當第一線的守衛。

「兩極小姐，不是每個人都有機會見到兩極，更別說遇到瘟和兩極在同一世代出現，他們的事蹟都是由先人傳下來的，因此種種惡行也大多是傳聞。」

「惡行？」封愕然地重複這兩字。

「是的，我們所聽說的，都是他們如何殘害人類、殺戮眾生，他們是可怕的怪物，若是能活捉兩極、殺掉瘟，便會成為家族的英雄。」藍兒抬頭，「可如今認識您與瘟，讓我的既定印象都被推翻了。」

「瘟……我好久沒有和學長見面了，什麼時候才可以見他啊？」他們從踏入零派以後就一直被隔開，這讓封十分沮喪，她眞的好想見任凱。

「請您原諒我這麼說，但基本上瘟還能留有性命就已經是恩賜了。」封有些氣惱地看著藍兒，卻也明白她說的沒錯。

在這裡的日子讓她習慣了安逸，甚至有些忘了謀反之事。和平的生活如此美好，每個人都對她相當友善。

「兩極小姐……」一個披頭散髮的女人從中庭的另一邊出現，若不是她突然出聲，封本來還沒注意到那裡站了一個人。

女人衝過來，即時被制止，藍兒趕緊要後面的侍女們保護封。「您不能來這裡呀！」

「兩極小姐，救救我的兒子啊——」女人瘋狂喊著，瞠大雙眼。

「兒子？妳兒子怎麼了？」

「請您回去自己的房間，來人，快來人呀！」藍兒高喊，並擋住封不讓她靠近女人。

「妳可以治癒任何人對吧？請妳治癒我兒子的心啊——」女人哭吼著，眼淚直流。

鐵兒等人急匆匆趕來，就要將女人帶走。

「等一下，讓她說完呀！」封阻止。

「兩極小姐，她精神不太穩定，平時是有人看管的。」藍兒解釋。

「請妳治癒我兒之心，請妳……救救小虎啊！」女人在被帶離此處前，悲呼了一句。

封頓時一愣，不敢置信地看著藍兒，「那是小虎的媽媽？」

藍兒移開目光，輕輕點頭。

「這是怎麼回事？爲什麼小虎的媽媽會……」

「兩極小姐，這就是我們的家務事了，請恕我什麼都不能說。」藍兒恭敬地鞠躬，往旁一退，讓出回房的路。

知道什麼都問不出來，封只能乖乖返回房間。

藍兒不讓她跟小虎的媽媽接觸一定有理由，而且她也很在意小虎的背景，所以封決定做一件事情。

晚上，封假裝已經睡著，在藍兒離開後，外頭就只剩下一位侍女看守。由於長時間待在屋內，封的確沒有機會練習攻擊用的招式，不過她並沒有徹底荒廢，有時候還是會偷偷把玩風。

她故意先低低發出幾聲呻吟，而後音量越來越大，外面的侍女動了動，開口詢問怎麼了，封沒有回應，繼續小聲哀號，侍女猶豫半晌，打開拉門後又問了一次。

「我的肚子好痛，好像有什麼東西……」封無力地說著，盡全力發揮演技。

「我看一下……」侍女靠向床鋪，小心掀開棉被，封瞬間使出一陣風將侍女包覆起來。

侍女被突如其來的襲擊嚇得驚慌失措，封趕緊從旁邊的櫃子取出繩子和膠帶，將侍女綁起來並封住嘴巴。

「我不會做什麼壞事，只是想稍微呼吸一下自由的空氣。」封邊說邊脫下侍女的衣服，嘴巴被貼上膠帶的侍女不斷掙扎。

換上侍女的衣服後，封眼看侍女依舊不肯安分，不禁有些苦惱。若等等她沒離開多遠，侍女便掙脫的話，那麼就麻煩了。

於是她使出一陣風，再次包覆住侍女。

「這不會傷害妳啦，只是讓妳聲音小一點、動作也不要那麼大。」封輕聲說，把侍女移到自己的被窩裡，蓋好被子，隨即偷偷摸摸地從房間出去。

她心跳劇烈，像是準備要做壞事一般。

深吸一口氣，她決定去找小虎的媽媽，雖然不知道對方在哪裡，但封直覺朝守衛比較多的地方走就對了。

於是她小心翼翼觀察四周，由於現在風的力量已用於限制侍女的行動，她只要使用了其他風的能力，侍女掙扎的聲音便會被聽見，所以更要小心謹慎。

零宅處處有人巡邏，封發現有個地方巡邏人數明顯較多，可那裡看起來分明只是個荒廢的小花園。

她決定賭一把，趁守衛不注意時迅速溜過去。

穿過一處稍微被修整過的樹叢後，封來到了一座有如與世隔絕的庭院，眼前是一棟方形的屋子。

看樣子就是這裡了。

她小心翼翼走向房屋，還沒靠近，就被窗戶後面蒼白的女人臉龐嚇到。

「兩極小姐……」女人開口，正是小虎的媽媽。

「是的，請小聲一點，我是偷跑過來的。」封東張西望，她不會施展結界，談話無法持續太久，否則一定會被聽見的。

「兩極小姐，求求妳救救我的兒子……」

女人似乎是被關在屋子裡，封看見門上有鎖鏈，所以她們只能透過敞開的小小窗戶對話。

「妳的兒子是小虎對吧，他怎麼了嗎？」

「我的兒子不是什麼被選上的人，他不該背負那些，他只是一個平凡的男孩啊……」

被選上的人？那是什麼？

「阿姨，小虎不是普通人，他很厲害……」

女人伸手用力抓住封的衣領，將她拉向前，瞪大雙眼，「請妳治癒他的心，帶著前世的記憶要怎麼活在這一世？帶著對前世戀人的愛，要如何活在今世？」

「阿姨，我聽不懂，妳抓得我不太舒服。」封想要掙脫，但女人圓睜著眼，聲淚俱下。

「他不當我是媽媽、不當這裡是個家，過去的記憶比眼前的現實重要，他還以爲自己依舊擁有兩極的愛，他還以爲自己依舊是令人聞之喪膽的……」

「封！妳在這裡做什麼！」小虎的聲音突然從後方傳來，女人嚇得放開抓著封衣領的手。

「我、我只是……」封結結巴巴的，說不出一句完整的話，小虎看起來十分生氣，大步走過來。

「怎麼穿成這樣？」小虎打量著封的穿著，讓她有些不好意思，「算了，大概能猜到是怎麼回事。」

他看了屋內的女人一眼，「許久未見了。」

那不是看著自己母親的眼神，而是看著一個陌生人的眼神。

「她是你媽媽嗎？」

「嗯，是吧。」小虎的手放到封的背上，就要推著她離開這裡。

「你媽媽怎麼會被關在這裡？你沒有其他話想跟她說嗎？」封覺得很不對勁，甩開了小虎的手。

小虎盯著封，生硬地吐出一句：「我感謝她生下我。」

「就這樣？」

「如此而已。」小虎微笑，神情卻冰冷無比。

「小虎，你怎麼了？你好奇怪……你媽媽也說了很奇怪的話……」

「說了些什麼呢？」另一個男人的嗓音響起，女人倒抽一口氣，從窗邊逃開，躲到屋子裡面。

束起長髮的男人穿著黑色長褂，臉上的笑容毫無感情，他走路一點聲音也沒有，像是忽然出現一樣，站在那裡。

是零。

封趕緊躲到小虎身後，這個男人給她一種說不上來的奇怪感覺。

「沒什麼，我想你也聽見了。」小虎毫不畏懼地回應。

零露出意味深長的笑，「那你和一個侍女說了什麼小祕密？」

小虎並不意外零會得知這件事，他聳聳肩，「既然是小祕密，就不能說吧。」

兩人對視了好一陣，氣氛劍拔弩張，封忍不住跳出來打破這緊繃的對峙：「那個，我先回房間喔……」

「兩極。」零喊了她，封震了一下。

「是？」

「妳對於剛才那些話有什麼想法？」

那些話？哪些話？

是指小虎媽媽說的話嗎？

封正要開口，小虎卻擋到她面前，遮住零的視線。「不需要回答。」

「我送她回房便成，你離開吧。」零說。

「不需要。」

「虎，我是這個家的主人。」

「那又如何？」小虎抬高下巴。

封看不見零的表情，但能感受到空氣的躁動，她覺得這樣下去不太妙，反正都被發現了，解除對那個侍女的束縛也沒有關係，於是她釋放出可以舒緩情緒的風，然而一使出能力，小虎和零都馬上察覺到了。

「居然想用風影響我的情緒啊？」零露出玩味的笑容。

「被發現了。」封吐吐舌頭。

「妳眞是……」小虎無奈搖頭，「我們回房間吧。」

「喔。」被小虎推著走的封回頭對零說：「那……零主子？謝謝你這些日子的款待，我先睡了。」

封自然的態度讓零愣了愣，過去的兩極總是用恐懼的眼神看著他，如今卻……

「封葉。」沒料到零會突然呼喚她的名字，小虎與封都愣住了。封轉過頭看著零，而小虎再度飛快地擋到她面前，阻隔零的目光。

「何必這麼緊張？我若眞要強行占有她，你又能奈我何？」零冷笑。雖然因爲被小虎擋住視線，封看不到零的表情，可是光是聽這句話就讓人不寒而慄。

小虎沒有說話，滿臉戒備。

「我很清楚你將兩極帶回來有何目的，記住，無論發生任何事情都是我所允許的，絕不是你的功勞。」零意有所指。

小虎聞言，只是略移腳步將身後的封徹底擋住。

「你擋在我面前，瘟則擋在你面前。」零的話耐人尋味。

小虎馬上拉著封想離開，但封不肯走。

「封葉！」小虎焦急地喊。

「你找我有什麼事情嗎？」封看著零。

零挑挑眉，很快垂下目光，帶著看不出情緒的微笑搖頭。

方才短暫的衝動讓零選擇開口，不過此時他已經收回了所有疑問。

封只得輕輕點頭，任由小虎拉著自己離開。

「妳瘋了嗎？為什麼要跟阿零搭話？」在回房的路上，小虎難得用有些嚴厲的口氣詢問封。

「零的確很可怕，可是他和我想像中的有點不一樣，好像很……寂寞。」

零就像坐在寬廣卻空蕩蕩的房間正中央，一個人凝望著遠方，什麼都映不進他的眼裡，無助、空虛、絕望。

「妳在說什麼？那是妳太不了解他了。」零確實有些反常，然而那姿態一樣令人不快，小虎認為他的惡意完全無庸置疑。

「可能吧……」

小虎嘆氣，「封葉，我勸妳不要對這個地方投入過多感情。」

「我看起來像是這樣嗎？」

「我怕妳會心軟。」

封用力搖頭。

「你和獅爺都不會心軟了，我又怎能心軟？」她看著小虎，眞誠地說：「不光是爲了我自己，也是爲了你們，更是爲了學長。」

封堅定的模樣讓小虎不禁悵然，「封。」

「嗯？」

小虎抬起手，設下一個小小的結界，輕聲說：「如果獅爺遇到不得不與自己的家人交手的情況，就算對方是他父親，他也會下手。而如果是我，就算對方是獅爺，我一樣不會猶豫。我和獅爺都有這樣的覺悟，那妳呢？」

「什麼意思？」封不安地問。

「如果，如果當妳的敵人是我的時候，妳會爲了保護任凱，而……」

封垂下頭，眼眶盈著淚水。

「妳該想一想。」

「小虎，你爲我做了這麼多，我……」封咬著下唇，她知道含糊其辭不是最好的回答，可是她實在不想說出自己會選擇傷害小虎。

「我知道妳的想法，妳也該那樣想。」小虎的心宛如被人猛然捏緊，幾乎是顫抖著說出這句話。

「抱歉，因爲宿命而相愛什麼的實在太……但我會爲了學長去做任何事。」封忍著不讓眼淚流出，她沒有資格哭。

「我知道。」小虎勉強一笑，轉移了話題，「妳是怎麼逃過侍女們的監視又換了衣服的？」

明白小虎的溫柔，封吸吸鼻子，盡量用輕快的語氣說：「假裝肚子痛，然後用風攻擊她嘍。」

「我想也是。」小虎已經將自己的情緒都隱藏起來。

「對了，那隻貓是你派來的對吧？就是要讓她們陷入混亂，讓我有機會逃走，然後……嗎？」

小虎別有深意地微笑，「無論妳決定怎麼做，對我們都有好處，要是妳來找我們，我們便能出其不意地……妳懂的。而若妳選擇幫助藍兒，那也能拉近和她的關係。」

「的確是拉近關係了，因爲這樣，我才知道大家對兩極的能力有多大的誤解。難道以前的兩極沒有治療的能力嗎？」

「一直以來都有，只是人們不會提這件事。」

「那，你會希望我當時怎麼做呢？是治療藍兒，還是去找你們？」

小虎難得露出惡作劇般的笑容，「無論妳的決定是哪個，我都做好了準備，不過我知道妳絕對會選擇治療藍兒的傷。」

聽到小虎這麼說，封露出甜甜的微笑，「小虎，我覺得你和零都有讓我有種很奇怪的感覺。」

「這是指？」

「嗯……說不上來，有時候我的腦中會閃過一些不像是這輩子的記憶，我在想，既然兩極的靈魂會輪迴，那會不會記憶也……」

「封葉，不用去想。」小虎制止了封，「妳活在今世便足夠。」

「可是你媽媽說你活在前世。」封定定地看著小虎。

小虎瞠大雙眼，「她……」

「你有前世的記憶？所以你跟九夜一樣，認識以前的我？那你是我的誰？以前的兩極又是……」

「封葉！」小虎大聲打斷，神情嚴肅，「知道太多事情對妳沒有好處，也對我沒有好處。」

「可是……」

「如果妳得到了答案，又打算怎麼做呢？妳能保證自己不會陷入兩難？妳能保證找出不傷害任何人的方法？」

「我……」

這是小虎第一次如此嚴厲，封頓時不知所措，絞著手指說不出話來。

「妳只要想著任凱就好。」小虎輕聲說，「就像剛才一樣。」

「我什麼時候可以見見他呢？」一提到任凱，封就忍不住想掉淚，總覺得腦海中他的模樣都變得模糊了。

學長還好嗎？一個月沒見到他，他怎麼樣了？有沒有被刁難？

「我會想辦法讓你們見面的，妳現在先回房間吧。」小虎恢復溫柔的語氣，往前方走去。

「他不當我是媽媽、不當這裡是個家，過去的記憶比眼前的現實重要，他還以爲自己依舊擁有兩極的愛，他還以爲自己依舊是令人聞之喪膽的……」

小虎媽媽的話迴盪在封的心中。

擁有兩極的愛，不就是在說瘟嗎？

她看著小虎的背影。他，曾經是瘟嗎？

封握緊自己的手，指甲陷入掌心之中。若眞如此，她的確找不出不讓小虎受傷的方法。

因爲她的眼中只有任凱，宿命也好、注定也罷，她不惜利用人、傷害人，只爲了保全任凱。

不要讓我知道，隱藏在你眼中的溫柔及悲傷的眞正緣由，今世的我承受不起、也配不上……

這件事過後，封又過了一段安穩的日子，然而再也沒有聽到關於小虎媽媽的消息。她曾經再次偷偷跑到那個荒廢的花園，但人去樓空，小虎的媽媽已經不知道被移到哪裡了。

零應該不會狠心到把她殺了吧？

想到零那令人不寒而慄的語調，封就一陣哆嗦。

她曾向藍兒探問，但藍兒只是一個勁兒反問封爲什麼要這麼在意，又順便叨念了一次上次襲擊侍女的行爲，封只好顧左右而言他，不再提起此事。

就這樣，封和任凱已經快要兩個月沒有見面了，而每次見到小虎，小虎都只說任凱很好。

一天晚上，封和藍兒在池塘邊餵魚，一將飼料丟進池裡，鯉魚們便爭先恐後地搶食；忽然，封看見有隻鯉魚奄奄一息地待在角落，便問藍兒牠是不是生病了。

「哎呀，那可不好，要快點把牠撈起來。」藍兒說著，就要去拿網子，封卻拉住她。

「爲什麼要撈起來？」

「鯉魚不容易養的原因之一，就是一旦有一隻生病的話，會傳染得非常快，所以哪怕只是些微病兆，都要迅速撈起來，寧可錯殺。」

「不要，太殘忍了！」封趕緊使出一陣風吹向那隻鯉魚，鯉魚瞬間活蹦亂跳，還游過來搶飼料。

目睹這一幕的藍兒不禁問：「兩極小姐，您明明毫不猶豫地屠殺過整間醫院的鬼魂，以及許多妖怪，爲何會憐憫一隻小小的鯉魚？」

「因爲鯉魚並沒有想傷害我。」封淡然說，「我傷害的，都是要傷害我與我所重視之人的妖怪、鬼魂，甚至是人類。」

「兩極小姐，您知道您待在這裡，絕對不是爲了和平吧？」藍兒看著封的雙眼，有些動搖，「這樣平靜的日子不會持續太久，我和您之間正常對話的時光稍縱即逝。」

「我明白。」封注視著池塘裡的鯉魚，並不知道零無聲無息到來了。藍兒嚇了一跳，誠惶誠恐地鞠躬，零舉起一隻手表示免禮，並要藍兒退下。

藍兒輕手輕腳離開，零站在封的身後，看著這一世兩極的背影。

「就算知道未來有很大的可能是一片黑暗，但我現在還在這裡說話、欣賞著月亮、餵著這群鯉魚。人要活在當下不是嗎？所以我會珍惜眼前的生命，與眼前的人。」

「那妳眼前的人又是誰呢？」

零突然開口，讓封嚇了好大一跳，馬上轉過頭。

「零主子……」她往後退了些，保持距離。

「聽妳叫我零主子總覺得奇怪，我並不是妳的主子，相反的還應該是敵人。」

零輕笑，搖著手中的扇子。

「我聽大家都這樣叫你，習慣了。」

零來到封的身邊，和她一同望著映在池面上的月亮倒影。

「妳對於這一切，眞的如此處之泰然？」

「無論如何，我也只能面對。」

想要活下去的話，就必須面對這一切。

她偷偷瞥著零的側臉，深邃的眼眸、高挺的鼻梁，還有孤冷的氣息，她若是想活下去，若是想保護任凱，就得殺了這個人。

「如果要你放過我們，可能性有多高呢？」

零挑起一邊眉毛，淡淡地說：「你們在外面依然會受到妖怪襲擊，與其讓妳被妖怪吃掉，不如爲我生下孩子，大家同是人類，互相幫助。」

封感到一陣寒意，「人類不會有奇怪的能力，也不會在生了孩子以後變成沒有靈魂的空殼。」

零冷冷笑著，一副滿不在乎的模樣，這讓封知道，這個人眞的能夠爲了私利不惜一切。

「我很好奇一件事，當妳聽到生下虎的女人所說的話時，有何想法？」

在這座宅邸裡果然沒有祕密。封深吸一口氣，「我猜，小虎是否曾是兩極的什麼人。」

零微微睜大眼睛，他的反應並不明顯，因此封沒有注意到。

「結果？」

「我不想知道，所以也不想證實。」

「爲何？」

「因爲我活在當下。」封勇敢地直視零，「同樣的，我也不想知道你曾經是我的誰。」

零的眼神閃過一絲動搖，「爲何這麼說？」

「你和小虎都給我某種奇妙的感覺。」封用力搖頭，「可是不要，我不想了解事情的眞相，我只想看見我能看見的。」

她的內心充滿任凱，不管是笑著、憤怒著，還是恐懼著、迷惘著的任凱，全都是封所眷戀的那個人。

「這是怎麼回事……」零頭一次感到猶豫，他望著天象，「與過去完全不同，前所未見……」

封咬著下唇，「如果沒有其他事情，我想先回房間了。」

「封葉。」零喚了她的名字，語氣流露出一絲溫柔，「妳第一次看見我時掉下眼淚，是爲了什麼？」

「我……我不知道，也不想知道。」她只是覺得很懷念、很懷念。

她不明白自己爲何懷念，她對零的模樣甚至毫無印象。

但此刻站在這裡，彷彿一切都是注定似的，幾百年以來，他們是否一直都在同一個地方打轉？

零忽然抓住她的肩膀，眼中的戾氣轉爲柔情，目光包含著複雜、龐大的情感。她愕然看著零，腦中逐漸浮現一個想法，一個很可怕、很可怕的想法。

「不要、不要！」封用力搖頭，試圖甩開零的手。

「怎麼？」零抬起下巴。

「我只要想著學長，你只要想著奪取我，這樣就好、這樣就好了……」

「是嗎？」零恢復成原本的冷酷模樣，放開雙手，先前那抹柔情彷彿是封的幻覺，「也許這才是最佳解答。」

「這就是最佳解答。」封說完，轉身衝向自己的房間，連頭也不回。

不要讓她察覺到任何事情、不要讓她窺視到任何情感。

有些事情她不需要知道，這樣很自私、很過分，但是唯有如此才行。

封忽然很想見任凱，應該是說非得見到他不可，否則她覺得自己會瘋掉的。

在這個地方待得越久，生活得越安逸，她便越是覺得不對勁。

明明已經下定決心，卻一次又一次被外在因素影響。

躲在房間裡，她輕輕使出風，然後伸手推出去，讓風在宅邸內流動。過了幾秒，她又推出一陣相同的風，就這樣持續不斷。

她不知道任凱在哪裡，莽撞地跑出去只會徒增危險，所以她使出自己最爲擅長的能力，不停將輕柔的風從房間推出，慢慢形成溫暖的流動，帶著她的氣息充斥整座宅邸。

下人們感受不到空氣的變化，不過稍稍有靈力的人都知道，這陣風是兩極所使出的。

元老們本來緊張不已，但風中的寧靜讓他們漸漸放鬆下來。

而回到自己房門外的零輕搖著扇子，站在緣廊上閉起雙眼，感受這溫柔的風。

他有多久沒有接觸到兩極這麼溫順的風了？

幾百年以來，兩極的風總是要殺了他，此刻他的內心卻安詳無比。

也罷，就今晚吧，暫時讓這陣風在宅內徘徊一會兒。

小虎坐在自己的房內，溫暖的風尋找著任凱，透露出封的思念，感受著這風只會更加明白封的愛意。

「還眞是種折磨。」小虎苦笑，看著在角落打哈欠的白色巨獸。

貔貅甩甩尾巴，用力呼了一口氣，將封使出的風驅散。

小虎一愣，「不必這麼做的。」

貔貅用鼻子一哼，自顧自地趴下。

「我居然讓你擔心了啊……」小虎輕靠在椅背上，「謝謝你了。」

這陣溫柔的風的確令他難受不已，因爲封所思念的人並不是他，而是待在庭院的任凱。

任凱抬起頭，張開雙手擁抱那陣風，宛如將封摟在懷中。

「等我。」任凱輕聲說，將懷裡的風往外推去。

遠在另一頭的封忽然紅了臉，用雙手環抱住自己。透過風，她隱約感受到了任凱的體溫。

她掉下眼淚，無形的風讓他們兩人靠得更近了。

這一夜是封來到零宅後，唯一一次單獨與零相處。

她覺得零既冷酷又高傲，卻也感受到他的孤寂與深沉。

零和小虎，很危險。

那危險來自於那份莫名的懷念與眷戀。

封並沒有將自己的猜測告訴小虎，不過她告訴了小虎零曾經來過。

小虎先是緊張地詢問零是否做了什麼，封趕緊搖頭，表示零很紳士，只換來小虎意味不明的笑容。

「不管阿零跟妳說了什麼，都是假的。我對於他沒直接強迫妳就範還比較意外。」小虎說完馬上驚覺失言，立刻歉然看著封。

「他感覺怪怪的。」封聳聳肩，並不在意。

「怪這個字還不足以形容他。」

封沒有和小虎提起他們的談話內容，然而那晚零難得的溫柔留在她的心中。

不僅僅是柔情，還帶著傷悲。

而自從發現可以運用風與任凱接觸之後，封每晚都會釋放出風去尋找任凱的蹤影，可約莫三日後，她突然找不著任凱了。

她緊張地問小虎這是怎麼回事，小虎只說任凱還活著。

「難道學長被關起來了嗎？」封驚慌失措。

小虎皺眉，「任凱的能力已經覺醒，而且還有我在，他們不會輕易動他，請妳相信我，任凱安然無恙。」

「可是……」封還是很擔心。

「請妳放心。」

面對小虎如此堅決的態度，封只能點點頭，扯了扯嘴角後轉身。

「不過，妳想見任凱嗎？」

小虎突如其來的話與讓封把一切拋到腦後，趕緊轉身用力點頭。

「我當然想見學長！他好嗎？現在在哪？我什麼時候可見他？今天嗎？」

封連珠炮般的提問與興奮的表情讓小虎五味雜陳。

「今天就可以見他。」小虎微笑，「在阿零的晚宴上。」

零忽然說要舉行晚宴，邀請了零派的元老們，小虎說這是一場鴻門宴，要準備隨時動手。

封聞言怔了怔。果然還是避免不了戰鬥嗎？

在這安逸的近兩個月裡，她和這裡的人都培養出了感情，但她不斷告訴自己，如果又想憐憫他人，就想想任凱死去的畫面。

如此，她便下得了手。

零安排在主廳設宴，除了必要人手，其餘下人全被暫時外派，這個狀況更加深小虎不祥的預感。如今留在宅邸的，大多是有戰鬥力以及手握權力的人。

不過這也讓防衛向來滴水不漏的宅邸有了暫時的鬆懈，趁所有人都在主廳忙碌，小虎偷偷來到零的房門外。

他仔細觀察，發現零沒有設下結界，周遭也無守衛巡視，於是便進到房內。

稍早他已經在庭院內埋下彼岸花的種子，藉此通知九夜也許就是今晚。

此刻小虎站在零擺設單調的房間中，除了床鋪和棋盤以外，沒有多餘的東西。零就宛如死人一般，毫無生趣。

小虎走到一旁未關的拉門前，歷代族史存放在裡面，小虎正要靠近，卻發現有結界阻隔。

零自己的房間沒設結界，卻在這裡布下防止外人接近的結界，這說明族史裡也許記載了不可告人的祕密。

小虎拿起手電筒朝裡頭照過去，只見書櫃中擺滿了書籍，井然有序地依照年份排列。

書冊上一點灰塵也沒有，看樣子零時常翻閱，只是在無法接觸的情況下，小虎也看不出更多端倪。就在他準備關掉手電筒時，一瞬間斜照過去的光線讓他注意到有個奇怪的地方。

最角落的書籍是最早的記錄，時間幾乎是零派剛創立的時候，但書背上寫著「淨」，那是什麼意思？

小虎用手電筒照向其他的書，書背寫有「淨」的書本約占滿一整個三層書櫃，餘下的才是「零」。

這是怎麼回事？

「小虎少爺，請問有什麼事情嗎？」一個從外面經過的下人手裡拿著花瓶，出聲詢問。

「我來找阿零。」小虎關掉手電筒，露出微笑。

「零主子在大廳，宴會就要開始了。」下人鞠躬，小虎走出房間。

封穿著紅色旗袍，上頭以金線繡上了龍鳳、牡丹的圖樣，她的長卷髮被整齊地盤起，柔順得簡直不像她的頭髮，嘴唇更是被抹上豔麗的大紅唇彩，特別勾勒的眼線讓封幾乎要認不得鏡中的自己。

此刻主廳有三張大圓桌，一桌約可坐十二人，而廳外站著許多全副武裝的守衛，其中包括了鐵兒，藍兒則站在封的身後待命。

封被安排坐在零的右邊，這桌全是零派最重要的人士，一群爺爺年紀的男人帶著笑意打量她，讓她渾身不舒服，而且穿成這樣……就好像是要結婚一樣。

「這一世的兩極同樣漂亮。」

「雖看起來較爲浮躁，不過不礙事。」

「能力依舊強大呀……」

元老們的竊竊私語讓封想逃離。

不是說可以見到學長嗎？怎麼沒看見他在哪裡？連小虎也不見蹤影，這讓封非常不安。難道他們都……

不好的念頭頓時浮現，這時穿著一身白衣的小虎從門口進來，表情是一貫的平靜，讓封鬆了口氣。

小虎徑直朝主桌走來，見到封的模樣後略顯吃驚。

「去哪兒了？」零微笑。

「何須多問。」小虎也微笑，環顧主桌，除了封的對面以外，就剩下零左邊的空位。

「小虎，學長呢？」封的問題引起小小的騷動，零挑起一邊的眉毛。

「瘟的話，馬上就會到了。」零輕輕說。

過了一會兒，門外傳來聲響，幾個人押著一名被矇著眼的少年踏進主廳，封心頭一驚，立刻衝到任凱面前拉下他的眼罩。

押著任凱的幾個男人想要推開封，卻被零制止，於是恭敬地行禮後退到門邊。

「天啊，學長！他們對你做了什麼？為什麼會變成這樣！」封心疼得掉下眼淚，發現任凱瘦了一圈，頭髮也長長了不少，臉龐更是骯髒無比。

才剛拿下眼罩的任凱有些畏光，他半瞇著眼睛，看著封的目光逐漸聚焦，見她頂著一副不適合自己的妝容，卻美若天仙。

「怎麼穿成這樣？」他打量封所穿的紅色旗袍，而封急著幫他解開綁住手的繩子。

「怎麼可以這樣對待他？小虎，你不是說學長很好嗎？」封邊哭邊回頭瞪向小虎與零。

「造反啊，這是……」

「瘟還活著就是天大的恩賜了！」

「看樣子要盡快除掉他。」

此起彼落的斥責響起，小虎皺眉，零則勾起微笑。

「別亂說，這是我自己要求的。」任凱抓著封的手。

「你自己要求的？」

「對。」任凱站起身，往主桌的方向走去，坐上唯一剩下的空位。「吃飯吧，我餓死了。」

「學長……」封驚訝不已，這完全不是她想像中的久別重逢，任凱怎麼變得這麼奇怪？

「兩極小姐，請回到座位吧。」獅爺的聲音從第二桌傳來，藍兒也過來拉著封。

於是封回到位子上，目光依舊沒有離開任凱。

任凱會弄成這副落魄的模樣，是因爲他來到零派之後，更加頻繁地在夢中見到任炎的身影，並不斷對他重複那句「凱，你還有我」。

任凱一度以爲這是零的術法，打算藉此擊潰他的精神，但車和中二都說沒有感覺到異常的力量入侵，並表示那應該是任凱自己的心魔。

他嘗試過在夢中與任炎對話，可是每當他正要開口，便會從夢中醒來。

「也許是不夠專注？」中二猜測。

「就像修道之人要進行深層冥想一般，你在這隨時都會有人的地方，要如何與自己的心魔溝通？」車無奈地說。

因此兩個禮拜後，任凱要求小虎讓他獨自待在僻靜的地方。

「你要我這麼做，不怕封殺了我？」小虎聽了只是笑。

「我有必須這麼做的用意，你不用特地告訴她。」任凱說。

小虎思考了一下，「有間偏房沒人在使用，也不會有人過去，你在那裡能得到絕對的安靜。」
「我不要任何人靠近。」
「送飯也不用？」
「不用。」
「不可能，阿零一定會派人監視你，他不會讓瘟在宅邸中自由行動。」
「可以讓人監視我，但別靠近，我需要完全安靜的空間。」
見任凱如此認眞，小虎不再多說，告知了零之後，便將任凱送往偏房。
每天都有下人在外面巡視，不過沒有人進入房內送食物或飲水，也沒人見過任凱出來，那房間由零親自設下結界，不可能有東西入內或闖出。
任凱所率領的眾多鬼魅都待在偏房外，下人們看不見鬼，只感受得到陰冷，即使害怕，他們也依舊堅守崗位。
小虎曾前去探視過兩三次，然而每次皆不得其門而入，鬼魅們只說，任凱還活著。
他沒有告訴封這件事，並不完全是因爲任凱的囑咐，他自己也或多或少不想看見封爲了任凱的事而擔憂。
每回去見封時，看著她對自己微笑的模樣，他就覺得一切都祥和寧靜。
此時任凱的模樣也讓小虎十分吃驚，而封充滿怒意的質問讓他的內心湧現微妙的情緒。

零倒是一直掛著詭異的微笑，眼神更隱隱流露出瘋狂。

「很痛苦吧？」零輕聲說，小虎斜眼瞥去。

「你是指？」

零笑著，不再多言。

這頓飯封吃得食不知味，零沒有特別的舉動，元老們則說著千篇一律的話語，不外乎兩極該生下孩子之類，封因爲擔心任凱，壓根沒聽進這些冒犯之語，而任凱連吃了好幾碗飯，看樣子也不甚在意。

晚宴就在各說各話的情況下結束，離席時，封抓著任凱想問些什麼，卻被藍兒拉開。

「放開我，我很久沒有見到學長了！」封極力掙扎，眼淚掉了下來。

「花栗鼠，妳這是想我想到哭嗎？」任凱露出惡作劇般的笑容，彷彿回到了在學校那段時光的單純。

封用力點頭，如今所有思念都不需要再隱藏，她眞的好喜歡任凱。

「是嗎？」任凱臉頰微微泛紅，他上前一步，在眾目睽睽之下親吻了封。

所有人倒抽一口氣，小虎覺得心臟宛如被人狠狠捏住，握緊雙拳顫抖不已，元老們則一個個高喊著快把這怪物給殺了。

零抬起手，眾人頓時安靜。

「將瘟帶走，回去他那小偏房裡。」零揚起冷漠無情的微笑，如死人般冰冷。

「今晚，兩極將再次歸屬我零派。」

此番宣告讓所有人歡呼起來，守衛們過來將任凱拉開，封來不及反應，但任凱從容的笑容刻印在她心中。

「封葉，準備好了嗎？」任凱輕聲說。

小虎的神智頓時從妒意中被喚回，此刻不是兒女情長之時，他們有更重要的事情要完成。

他一個彈指，埋在院中的彼岸花種子倏地抽芽開花，接著扭曲了空間，九夜翩然現身。

零皺眉轉向小虎，雖不意外卻依然略顯訝異，「你……要反叛？」

所有人瞪大眼睛，其中一名元老低語：「淨啊……」

零馬上伸手一揮，射穿了那人的脖子，這名倒楣的元老脖頸血流如注，成爲今晚的首位犧牲者。

「你連元老都敢殺！」其他元老們紛紛怒喊。

此舉也令小虎驚訝，他看著零，「淨是誰？」

「你不需要知道。」零輕蔑地笑，「諸位也不許再提起此人。」

門邊的幾個守衛騷動起來，而後慘叫響起，身穿皮衣皮褲的九夜站在那裡，凝視著零。

「百年以來，第一次進到你的老巢。」

「看樣子免不了戰鬥了，是吧？」零神情淡然，身周彩蝶紛飛，後方的空間隨即敞開，身穿和服的鬼女們帶著媚笑站在零的後頭。

「讓出你的位置吧。」小虎渾身散發出白光，雙眼轉爲褐色。

「先殺了我再說。」零說，收起扇子。

第八章

雖然鬼女和小虎達成了協議，但與零派簽訂了契約的鬼女們這時依舊必須效忠於零。

紅葉給予小虎的承諾是，她們不會置人於死地，同樣的，小虎他們也不能過分傷害鬼女。

「我們彼此做做樣子吧。」當時紅葉巧笑倩兮地說，如今不見她的蹤影。

「這在你的計畫之內嗎？」小虎退到任凱身旁，輕笑著問。

「差不多，也在你的計畫之內不是嗎？」任凱的眼神十分自信。

「在這段時間裡，你經歷了什麼？」小虎問。

「我只是和自己深談了一番。」任凱微笑，「封，快過來。」

「藍兒，放開我！妳快點去躲起來！」封想推開藍兒，卻被緊抓著不放。

「兩極小姐！不要進行無謂的抵抗，您爲何不乖乖跟著零主子……」

「我過來並不是爲了成爲傀儡，而是爲了自由！」封堅定地說，「難道看著我變成容器是妳所希望的嗎？」

「不，我並不是……」藍兒下意識回答，可是局面劍拔弩張，她生爲零家人，死也是零家鬼，「兩極小姐，不要逼我……您就好好地……」

「藍兒，我不希望妳死。」封說完，揚起強勁的風將藍兒吹向牆壁，藍兒因爲猛力撞擊而暈了過去。

「藍兒！」鐵兒大喊，憤怒地對封甩出長鞭，一邊的小虎徒手抓住鞭子。

「想傷害兩極？好大的膽子。」

「除了兩極活捉，其他一律格殺勿論。」零冷然下達命令，「所謂的活捉，就是只要還能生孩子便成。」

聞令，所有零派族人都拿起武器準備決一死戰，鬼女們更是全露出欣喜的笑容。她們已經很久沒有大開殺戒了，無論零是獲勝還是落敗，對她們來說都有好處。

任凱喚出鬼魅，中二與車以死亡時的淒慘模樣出現，面容可怖，不由分說地朝敵人攻擊。

封則趕緊釋放出保護的微風包圍住他們，元老們拿出符咒射向那些鬼魂，卻毫無作用。

鐵兒抽回鞭子，小虎無意對付他，他也不是小虎的對手。鐵兒看著暈倒在牆邊的藍兒，她被桌子擋住了，暫時不會有危險。

於是他轉身，鞭子朝其中一名鬼魂揮去，鞭子穿過了風，直接打散鬼魂的形體。

許多鬼女欣喜地衝向小虎，伸長了利爪，大張的嘴裡全是尖牙，小虎閃過攻擊，但鬼女們隨即轉移目標，朝封襲去，封來不及反應，被咬了一大口。

「呀——」封尖叫出聲，立刻用風治癒自己，卻令鬼魅們頓失屏障，幾張符咒落到他們身上，他們瞬間煙消雲散。

這時九夜射出許多蕊針，刺中幾個鬼女，一部分鬼女轉而攻擊她。

獅爺看著混亂的場面，他的父親也正與鬼魅交戰，並對著他喊：「快去保護零主子！」

「父親，我的主子是虎。」獅爺堅定地說，靠向小虎那裡。

獅家掌門瞪大眼睛，接著目光變得冰冷。「那你就是我的敵人了。」

「獅爺，我不勉強你任何事。」小虎說完，往零的方向走去，「只有我能當零的對手，你們努力活下來便行。」

「父親，請原諒我。一個下人一輩子只能侍奉一個主子，我的主子是虎。」獅爺說完，從腰間抽出長刀。

「家門不幸啊！」獅家掌門怒吼，目標換成獅爺，骨肉相殘的悲劇就此展開。

鬼女的陣容中仍然獨缺紅葉，零問了站在一邊的阿滿。

「紅葉小姐只在關鍵時刻出現。」阿滿說，「當零主子被逼到絕境之時，紅葉小姐就會現身。」

零冷笑，「那就不需要她了。」

他的身上散發出藍光，雙眼變得青藍，無數火光在其身周浮現，小虎則從手心拉出鏈子，用力朝零甩去，零的身影瞬間被打成兩半，小虎微微皺眉。

「是分身？」

阿滿微笑，倏地朝小虎衝去，抓破他的衣服。

「小虎少爺，沒想到這一天會再次到來哪。」

小虎不明白阿滿的意思，但他知道自己不能手軟。鏈子捆上阿滿的身軀，上頭生出尖刺，刺入阿滿的肌膚，阿滿瞬間化成彩蝶飛到某個角落，再次凝聚出身軀。

「眞是麻煩的能力啊。」小虎冷笑。

阿滿保持著微笑，兩人再次交手。

另一方面，封釋出強大的風，將所有人都吹到外面。

許多人被吹得老高再重重落下，沒摔死也只剩半條命，唯有想辦法用手裡的東西勾住樹木或插入地面的人，才免於被吹走的下場。

隨後，術師們喚出自己使役的妖怪，讓戰況進入白熱化。

九夜毫不留情地殺死許多人類，面對鬼女時則只是虛晃一招，可聞到血腥味的鬼女們已經殺紅了眼，一個不小心便會死在她們的利爪之下。

任凱閉起眼睛，一片漆黑之中，他看見任炎站在那裡。

「凱，你還有我。」

「此刻，我需要你。」任凱低聲說。

小虎說過，別妄想控制魔，那會令人走火入魔。

然而任炎是存於他心中的魔，他不需要控制任炎，任炎就是他自己。

任凱的手往前平伸，眼前出現一個與他一模一樣的少年，封瞪大眼睛，那是任炎，是任凱那不存在的雙胞胎弟弟。

「看樣子是成功了。」中二挑起眉毛，全身燃燒著火焰朝敵方撲去。

「這是什麼……不可能，怎麼會有這等靈力！」幾名術師驚呼，後方數人射出浸泡過符水的箭矢，刺穿了幾名鬼魅。

任炎輕輕轉動手腕，許多怪物從地面下爬出。

「學長！」封驚訝地喊，任凱什麼時候有了這種能力？

「我沒辦法讓任炎出來太久，否則我的思緒會被他控制。」任凱的額頭冒著汗，顯然有些吃力。

封點點頭，無論如何必須速戰速決，持久戰對雙方來說都不是好事。

所以她決定不參與戰鬥，將所有精力都放在防禦上。她揚起保護的風吹往九夜、小虎、任凱、任炎、獅爺，以及眾多鬼魅。

她彷彿可以看見金線在身邊旋動，如同正午的豔陽般奪目，纏繞在所有盟友身周。強烈的金光讓敵人難以看清，等到回過神時已經近在眼前，只能猝不及防地被貫穿，用自己的殷紅血液取代璀璨的金芒。

阿滿的手在碰到金線時被灼傷大半，她淒厲地尖叫，小虎收了手，見阿滿沒有再度攻擊的意思，便旋身前去尋找零。

而任炎喚出的怪物肆意撕裂敵人，獅家掌門流著眼淚對獅爺大吼：「這就是你要的嗎？殺了這麼多血親，這就是你所效忠的主子？」

獅爺咬緊牙根，「父親，您不也爲了零殺死許多人？我們是在做一樣的事，全是爲了自己的主子！」他高舉著劍，朝自己的父親衝去。

封努力睜著眼睛，帶有金線的保護之風雖然強韌，卻會高速耗損她的體力與精神力，但此時她若倒了，便前功盡棄。

車從口中吐出許多冰刃，不斷射向周遭的人，而中二製造出火焰灼燒那些被驅使的小妖。

鐵兒的鞭子揮來，任炎一伸手就貫穿了他的胸膛，鮮紅的血怵目驚心，封移開目光，忍著不要掉下眼淚。死傷太過慘重，那些昔日與她談天、剛才還在呼吸的人們，幾乎都成了冰冷的屍體。

殘酷的是，當他們的魂魄一出現，任凱便會馬上強行控制。

面對血親與夥伴的靈魂，許多人根本下不了手，局勢逐漸倒向封一行人這邊，原本纏著九夜的鬼女得到阿滿的命令，也一個一個慢慢撤退。

阿滿手扶受傷之處，從妖道趕回鬼女之村，稟告紅葉，零大勢已去。

小虎在緣廊上奔跑。

終於迎來這一天了。

他來到零的房間，果不其然看見零坐在裡面，倉庫的拉門敞開，零解除了結界，腳邊放著許多書冊。

「阿零，今日就是你殞命之日。」小虎說著，甩動手中的鏈子，長鏈如舞動的白龍般朝零的方向襲去。

零手一揮，鞭子擦過他的手臂，留下淡淡的傷痕，紅色的血液滲出。

「虎啊，我知道你反叛的理由，也知道你總有一天會反叛。」零仍舊勾著微笑，像是已將生死置之度外。

「閉嘴！」小虎再次揚起鏈子，身體周圍出現白色光點。

這次鏈子也打傷了零，但還是沒有造成太大的傷害。零所穿的長褂出現破損，鮮血不斷流出，不過他絲毫不在意。

「你是為了讓兩極安然度過餘生，然而兩極能回報你什麼？」零將其中一本書丟到小虎面前，書背上寫著「淨」。

「我不需要她的回報。」一直以來，小虎就只是希望兩極可以平安活著。

「沒有不求回報的感情！你也看見了，無論我們怎麼對兩極好，都永遠比不過瘟！」

小虎喚出貔貅，巨獸從扭曲的空間踏出，渾身散發白光。貔貅不會殺人，但牠能將自己的力量轉移給小虎。

牠將身上的靈氣灌入小虎的天靈蓋，小虎的白髮倏地變長，靈力大增，鏈子彷佛有了生命一樣，同樣發出白光。

「你知道我爲什麼追殺兩極嗎？因爲嫉妒！只有我記得所有事情，可是兩極全忘記了，她愛的永遠不再是我！輪迴了這麼多年，我對兩極的愛早已消失殆盡，連愛是什麼都忘了，我唯一的身分就是零，這才是我的全部！」

零忽然大吼，這麼多年來，那雙眼睛第一次流露出情感，充滿嫉妒、怒意，以及不堪的悲傷。

小虎一愣，不自覺看向地上打開的書冊，那是標示著「淨」的最後一本書的最後一頁。

「被選上的人反叛，次日，淨改爲零。」

「虎啊！你坐上我這個位置之後，想得到什麼？想成爲什麼？爲了什麼？你以爲我當初爲何搶奪此位？你就是我、我就是你，你已經看到自己最後的下場了！」

「閉嘴！」小虎不願相信，也不願去聽，但就是這片刻的猶豫，讓零找到了空隙，他拿起手邊的長劍往小虎擲去，劍身因注入靈力而變得青藍。

「不要傷害我的小虎！」

小虎來不及閃避，只能眼睜睜看著，此時一個女人突然從旁衝過來，擋在了他面前，長劍瞬間貫穿她的身體，令她口吐鮮血。

小虎瞪大眼睛，接住她軟倒的身子。

「妳……」

女人雙眼泛淚，顫抖著想伸手觸摸小虎的臉龐，卻什麼也來不及說，兩眼一翻便死去。

這一輩子，小虎從來沒叫過她媽媽，因為在小虎心中，這裡不是歸宿。

他的確活在前一世，他的人生從來沒有重新開始。

「阿零──」小虎揮著鏈子往前甩去，纏住了零的脖子。

「虎，你會贏的，你會斬下我的首級！但同時，你也輸了！」零瘋狂地喊，鏈子死死勒著他的脖子。「殺了我，輪迴的詛咒就降臨到你身上了！」

小虎忽然停頓，輪迴的詛咒會落到他身上？

所以他未來不用刻意殺掉嬰孩了？只要殺了零，零便會永遠消失？

「哎呀哎呀，關鍵時刻啦？」紅葉忽然開啟妖道走出，一如往常穿著紅色和服，豔紅的嘴唇愉悅地上揚。

「我也知道妳終將反叛。」零看著紅葉，一點也不訝異。

而紅葉睥睨著零，「令我意外的是，您居然不怎麼反抗呀，是活得累啦？」

零看著眼前的小虎，想起將近千年以前，那一世的兩極與他。

曾經，零也一心想拯救兩極，一心只希望兩極快樂。

愛既偉大又無敵，同時也既脆弱又陰暗，愛到極致，便痛到極致。

他背叛淨，拯救了兩極，然而兩極的心已經不在他身上。

他真的太疲憊了，尤其在見到這一世的兩極後，他更加覺得自己真的已經活得太累了。

零忽然間狂笑起來，嘴角流下鮮血，「只要想到，虎將代替我永世輪迴，只要想到，他將感受我曾經有的感受，我便欣喜得不想反抗了。」

「虎啊，讓我一解怨氣吧，百年以來，零如此羞辱我族，至少讓他命喪在我手中！」紅葉因喜悅而顫抖，還留有一口氣的零勉強露出微笑，口中全是血。

小虎鬆手，抽回了鏈子，紅葉的面容逐漸變化，長出了長角，眼角下垂，展露出鬼的模樣。

「我還會在乎生死嗎？」零的態度依舊不可一世，「虎，你會明白我所說的。若要說我有什麼遺憾，便是無法看見你陷入與我同樣的痛苦境地！」

聞言，小虎再次狠狠將鏈子往前甩去，捆住零的脖子，用力往後一拉，零的頸椎發出喀啦一聲，頓時血液四濺，零身首異處。

而紅葉的利爪同時穿入零的胸膛，將心臟往左右兩邊撕裂，鮮血噴灑在整個房間，她的和服被染得更加紅豔。

「哈哈哈哈哈——」她尖聲笑著，瘋狂的笑聲傳遍大宅，零的死亡讓零派所有人停下動作。

貔貅輕輕嘆氣，收回了灌注給小虎的靈力。

小虎茫然蹲下身。這樣一切就結束了？

如此輕易的……封就能夠一生平安了？

他看見地上被鮮血染紅的書冊，伸手拿起最後一本寫有「淨」的記錄。

「被選上的人反叛，次日，淨改爲零。」

重複讀著這句話，所有事情忽然連結在了一起。

「妳……知道這一切嗎？」小虎顫抖著問紅葉。

身著紅色和服的女人瞥了死去的零一眼，揚起妖媚的笑，「我活了很久，看過太多事情，很多東西都記不清了。不過，您答應我們的事情我記得很清楚。」

紅葉手裡不知何時多出了一朵天堂鳥花，眼神流露出期盼。

「我既然答應了，便會做到。」小虎看著死狀悽慘的零，他曾經覺得這個人如此可恨、如此可怕，而今只剩下一具皮囊在此，可悲無比。

小虎轉過身，站在零曾經站過的地方，對紅葉宣布：「從今往後，鬼女一族將不再受零派差遣，恢復自由，雙方井水不犯河水。」

聲音傳遍零宅，鬼女們欣喜異常，發出悅耳的笑聲。

「虎呀，恭喜您奪得了零派，我們妖怪雖然沒有憐憫之心，但還懂得報恩，即使我們的自由是透過交易取回。」紅葉心滿意足地笑，鮮紅的雙唇如血一般，「當您猶豫不決時，我會前來助您一臂之力，這就當作是我祝賀您繼位的賀禮。」

阿滿的傷已經好了，她提著燈籠跪坐在緣廊上，嘴角止不住笑意。紅葉轉過身，阿滿站起來開啟妖道，鬼女們幾乎擠滿了整條道路，彩蝶紛飛，她們歡呼、歌唱，踏在血路之上舉行盛宴。

「我不會需要妳。」小虎冷聲說。

「這可難說。」紅葉輕笑，倩影消失在妖道之中。

小虎看向貔貅，牠舔拭著自己染血的皮毛，瞥了眼零的屍體。

「果眞是這樣嗎？零眞的曾經是瘟？你也曾經……幫助他反叛？」小虎的聲音微顫，不敢相信眞相如此令人絕望。

貔貅沒有回應，依舊清理著毛髮，接著甩甩身子，走到小虎面前。

「告訴我眞相。」小虎幾乎要流下眼淚。

也許是第一次，貔貅的雙眼流露出凄楚的情緒，他輕柔地舔了舔小虎的雙頰，逕自離去。

「哈……哈哈……」小虎跪了下來，他殺掉的零，過去也是瘟。

零，就是他自己啊！

而他的下場會是什麼？

我的祖先歷代服侍零派，他們曾說過，百年之前，當零主子得到兩極小姐時，並不僅僅只因爲能夠振興家族而欣喜，那份喜悅中包含更多的是柔情。

那時零主子拖到無法再拖之後，才讓兩極小姐生下孩子，還是元老們一直催促的關係。而後兩極小姐成爲沒有靈魂的人偶，零主子也依舊細心照料著她。

我們家族傳說，零主子是眞心愛著兩極小姐的，但這太過荒唐，所以我們從來沒有傳出去。

藍兒說過的話在小虎心中浮現，原來這一切都是眞的。

爲了保護兩極而奪取當家之位，在一次又一次的轉世後，零的目的卻從保護兩極變成殺害兩極，這中間發生了什麼變化？爲什麼會從深愛變成憎恨？

零是用什麼心情等待著兩極轉生？

是什麼原因，讓他受盡愛意的折磨，最後扭曲了感情？

「虎啊！你坐上我這個位置之後，想得到什麼？想成爲什麼？爲了什麼？你以爲我當初爲何搶奪此位？你就是我、我就是你，你已經看到自己最後的下場了！」

小虎深深感到疲憊。走廊傳來腳步聲，是倖存的元老們，他們狼狽不堪到來，訝異地看著榻榻米上零的屍體，悲憤不已，其中幾名元老當場跪坐在地。

「歷史重演啊，在被選上的人出生那天……不，在零得到兩極的那天……我就知道會有這麼一天了！」

「想悼念零的，就離開零派，從今以後，你們的當家叫虎。」小虎虛脫般輕聲說，坐在榻榻米上，「好好安葬他。」

「是。」獅爺從一邊走出，雖然還是面無表情，卻雙眼紅腫。

畢竟，他才剛剛手刃親父。

「封呢？」

「兩極小姐也許是能力使用過度，暈倒了。」

「那瘟呢？」

「瘟喚出魔，殺死了一半以上的人，現在正在照料兩極小姐。」

「嗯。」小虎應聲，閉起眼睛。

他覺得好累好累，一切彷彿一場夢。

這麼簡單，就都崩壞了。

這是否也是一種毀滅？

第九章

零派一夕之間近乎全滅的消息在風中傳遞，濃厚的血腥味加強了這個訊息的眞實性。

年長的妖怪們見怪不怪，這樣的事不是第一次發生，或許也不會是最後一次。因爲愛而想要保護，因爲愛而心生嫉妒，因爲愛而產生殺機。愛無所不能、無所不爲、無所畏懼。

這何嘗不是兩極與瘟的相愛所造成的毀滅？

封沉睡了好幾天，這段期間小虎下令將所有零的親信趕出家門，留下的必須全心臣服，否則殺無赦，絕不寬貸。

目前是過渡期，必須狠心，才能立威。

而當晚被零以各種理由支開的下人們皆不敢置信，零是料到會發生大戰，所以才將他們打發出去的嗎？這是零的仁慈，抑或是有其他企圖？

小虎不知道，也不願知道，無需去猜想死人的盤算。

零派從此消失，名號被「虎」所取代。

元老們幾乎全數留下，但主人已經換了。

此刻，他們正在商議一件事。

「虎主子呀，無論如何，兩極現下就在宅邸中，為何不讓兩極……」

其中一位元老開口，小虎用力拍了下旁邊的茶几。他使用的是自己原本的房間，家具擺設皆為現代樣式，本來以前元老們是席地而坐與零商討，如今小虎則是坐在沙發上，元老們亦同。

「我推翻阿零，就是為了保護兩極，若要做出和零相同的事情，何必造成如此多的死傷？」小虎說。

另一名元老斗膽說：「族史中有記載，當年零也是為保護兩極而推翻淨，但長時間下來，最後也……」

「我不是阿零，別再提起。」

「您和零不同的是，零占有兩極，是零占有，而您占有兩極，是您占……」

「閉嘴！」小虎低吼，所有人隨即安靜下來。「我想也該廢除阿零這種和人商討的慣例。」

「萬萬不可啊，這樣豈不成了獨裁！」眾元老紛紛反對。

「我是說，換一批新的人來與我討論。你們都太老了，那些迂腐的思想我不需要。」小虎說著，揮了揮手將他們趕出去。

他絕對不會成為第二個零，如果是為了傷害封，那他何必推翻零？

他的目的是保護封啊！

這時獅爺進來，「兩極小姐醒了。」

「醒來了嗎？」小虎精神一振，立刻起身前去探視封。

他穿過狹長的走廊，直奔封的房間，沿路的下人們看見小虎經過，都對他鞠躬行禮。

還沒來到房門前，遠遠地就聽見封正笑著。

小虎露出微笑。他終於做到了，能聽見她的笑聲比什麼都值得，在這一世，他終於可以保護兩極不受傷害、終於可以守護她的笑容——

「學長！不要這樣啦！」封甜膩的嗓音讓小虎一愣。

他停住原地，不再往前。

「學長？妳還叫我學長？該改口了吧？」任凱的聲音跟著響起，語氣親暱。

「那……任凱？」

「凱也可以。」

「才不要！」封害羞地喊。

小虎駐足了一會兒，想前進卻又不想見到那場景，或許他們正牽著手、或許正在擁抱、或許正在……

他雙手握拳，嫉妒在心中翻騰。以前他只期望封能夠平安，但是當如願讓她可以安穩生活後，他卻要面對最不願面對的現實。

小虎不想再思考下去，斷然回身準備離開。

「不進去嗎？」獅爺擋住他的去路。

「不需要了，暫時讓他們獨處吧。」小虎說。
獅爺凝視著他，似乎想說些什麼。
「有話就說吧。」
「您早知會是如此局面，未來又如何打算？」
小虎微微瞇眼，獅爺接著說：「您有絕對的能力可以奪得兩極小姐。」
「然後要我對她做當年阿零做過的事嗎？」
獅爺立即欠身，「我不是這個意思。」
「我的願望永遠都是保護她，絕對不會重蹈零的覆轍。」
沒錯，他不會讓零的預言成真，他不會變成零，不會被嫉妒沖昏頭。
他不會讓瘟永遠陷在這樣的輪迴。

房內的封忽然感受到他人的氣息，警覺地抬起頭，見到九夜出現在門邊。
「我有話跟封葉說。」九夜不客氣地開口，對任凱並不友善。
「我在這無妨吧？」任凱勾起嘴角。
「不妥。」九夜語氣冰冷。
「好啦，學長，就讓我們單獨相處一下吧。」終於重回和平的生活，封不想多生事端。
「學長？」任凱意有所指地複述。

「那個……任凱……」封的臉整個紅起來。唉唷，叫名字好害羞喔！

見到封這副模樣，任凱心滿意足離開，沒有與九夜對上眼。

「妳眞的不考慮我之前說過的事？」九夜開門見山。

「什麼？」封還沉浸在剛才與任凱的對話裡，腦袋一時轉不過來。

「我說，小虎才是妳的最佳選擇。」

零也曾經是瘟這一點，是九夜沒有料到的事，但她相信小虎不會成爲第二個零，所以仍然堅守自己的想法，認爲封葉該跟小虎在一起。

「我不會選小虎的，我愛的是任凱。」封垂著頭，「我很感謝他，這個人情我一輩子都還不了，可是……愛情不是這樣的。」

「感謝也能成爲一種愛。」九夜淡淡地說，「妳和瘟相愛的話，據說只會因爲肉體的結合而生下混沌。」

「如果我和任凱永遠不要……不就沒這問題了？」封的雙頰浮現紅暈。

「別傻了，相愛就會想要碰觸彼此，要是勉強壓抑，對你們來說會是另一種人間煉獄。」

「這麼說來，我和小虎之間不也是一樣的狀況？」

「差多了。」九夜冷然看著她，「小虎不會願意讓妳成爲容器，妳也不會因爲愛他卻無法碰觸而感到痛苦。」

「我寧願在所愛的人身邊死去，也不願意在不愛的人身邊苟活。」封堅定地說，「別再說了，我心意已決。」

「封葉……」

「謝謝妳的幫助，謝謝妳爲我做的一切，但是……我並不是妳的妹妹。」

聞言，九夜睜大眼睛。

「好，我知道了。」九夜往後一退，「這是我最後一次出現在妳眼前。」

封皺緊眉頭，「我不是那個意思……」

「兩極的轉世不會在妳這裡結束，妳不是我的妹妹，卻也是我的妹妹，我會一直保護妳，直到終結。」九夜說完，轉身離開，徒留庭院中的一叢彼岸花。

任凱返回房間，見封掉著眼淚，他憐惜地擦去她的淚水，輕輕給她一個吻。

小虎待在自己的房中，腦中迴盪著任凱與封之間的甜言蜜語，還有封的笑聲，那笑容和喜悅都不是給他的。

「小虎。」九夜倏地出現，讓小虎嚇了一大跳。

「怎麼？」

「嚇到你了？」九夜皺眉，「這不像你。」

「坐上這個位置後，很多時候我都不再像是我了。」小虎嘆氣，「怎麼了？」

「我是來與你道別的。」

「這麼快？」小虎扶額，「妳就如此放心讓兩極待在我這？」

「我的想法並沒有改變，兩極和你在一起是最合適的，可是我說服不了兩極，而這裡人氣太重，我也待不下去，因此，我已經把能做的事情都做了。」

小虎沒有回應，只是凝視了九夜一會兒，最後點點頭。

「我還是那句話，殺了瘟，你就能和兩極在一起。」九夜拿出一個裝滿紅色液體的玻璃罐，放在桌上，「這是劇毒，能神不知鬼不覺地殺掉瘟。」

「我不會動手。」

「也許你會，因爲你無法忍受她充滿愛意的笑容永遠不是對著你。」九夜說完，轉身離開。

此世，再也沒人見過九夜。

虎派建立以後，各路妖怪都來道賀，同時也訝異於鬼女一族得到了自由。虎派開始拓展人脈，然而當群妖詢問何時讓兩極誕下子嗣時，小虎皆避重就輕。

他明白自己若說實話，妖怪們必然會蠢蠢欲動。

「還不到時候，但兩極已是我囊中物。」

「我們感覺得到，瘟還活著。」眾妖表示。

「是我讓他活著，畢竟他一死，兩極便會失控，這樣並沒有好處。」小虎擺擺手。

「近日星象穩定，災難似乎也平息些了，不過還是要小心……兩極與瘟共存，必有禍害。」

小虎只是微笑。所有妖怪離去後，他走到緣廊邊看著天空，就如同以前的零那樣。

天災人禍，眞的都是兩極與瘟造成的？

有沒有可能是因爲妖怪、鬼魅、人類因爲感應到了兩極現世，傾巢而出，種種因殘殺而產生的亂象，才影響到了世界的平衡？

小虎偶爾會有這樣的想法。

他走回房間，拿出那些書冊，在最後一冊載有零歷代事蹟的最末頁寫上：「被選上的人反叛，次日，零改爲虎。」

他看著九夜給予的那罐紅色液體，陷入沉思。

難道有一天，他也會敵不過命運，步上相同的歧途嗎？

小虎將罐子放到櫥櫃深處，祈禱自己永遠用不著。

封一早起來便去泡了溫泉，之後藍兒伺候著她更衣。對於鐵兒的死亡，藍兒雖傷痛欲絕，卻沒有怪罪任何人。

「我們這些下人爲主子賣命是理所當然的。」藍兒紅著眼眶，「就算那時兩極小姐把我殺了，我也不會有絲毫怨言。」

封的確間接殺了許多藍兒的至親，她不知道藍兒是否眞如這番話所說的，早已將性命託付給自己的主人，但她不便多問。

她雙手染血，只爲了自己與自己所愛之人，沒有資格多說其他的話。

而且她能感覺到，藍兒封閉了內心，不再是之前那個會陪她談天的單純女孩，眞正成爲了一個侍女。

封待在庭院中，看著水中的鯉魚悠遊自如，想起了那天夜裡在此處與零的短暫交談。她垂下目光，任凱走了過來。

「做什麼？」

「看鯉魚游來游去嘍。」封扯了扯嘴角。

「這麼悠閒。」

「嗯。一切眞的就到此爲止了嗎？」封忽然有些不安。

「也許還不到盡頭。」任凱望向遠方。

當初他們來到這裡，是爲了推翻零，讓小虎成爲當家，而後便能接受保護。

可是當塵埃落定之後，心頭的陰影仍然揮之不去。

小虎的能力有多強？能保護封到什麼程度？

若妖怪們知道小虎根本不打算讓兩極成爲容器，若他們知道兩極依舊保有處子之身，那會不會再次騷動起來？

「也許需要跟小虎談談。」待在這裡不是長久之計，而且任凱相當在意小虎愛著封這件事。

所謂飢寒起盜心，暖飽思淫慾，以往因爲有眾多威脅，小虎還能壓抑自己的心意，而今暫且太平，他不信小虎能輕易看淡這些。

「我也一起去吧。」

「我自己去就行了。」

「不要，我想跟你一起去！」封推了推任凱的肩膀。

「妳是跟屁蟲嗎？」任凱推回去。

兩個人在池塘前拉拉扯扯，最後任凱握住封的手。

「能走到這一步眞是不容易。」他輕聲說。

「嗯。」封點點頭。

歷來的兩極與瘟，或許從沒有能走到這個地步的。

小虎在不遠處看著這一幕，他也曾和櫻憧憬著未來，但他們終究走不到這麼遠。

封感覺到視線，下意識轉過頭，見到小虎站在那裡。若不是白髮白衣，她差點以爲是零。

「小虎。」封對他微笑。

小虎從暗處走出，「你們一切都好嗎？」

「很好。」

封覺得這個地方有種奇怪的氛圍，彷彿因爲與世隔絕了許久，連小虎都不再是那個小虎了。

「小虎，那你呢？」

面對封的問題，小虎有點訝異，「爲何這麼問？」

「總覺得你好像……不太一樣。」封說不上來。

「嗯，我現在身分不同了，有很多事情需要處理。」小虎聳聳肩膀，「你們四處走走吧，再往裡面有個更大的花園，我想封葉妳會喜歡的。」

「眞的嗎？好棒啊！任凱，我們明天去看看吧？」封開心地搖著任凱的手，撒嬌起來。

此舉讓小虎內心一揪，但他還是撐著微笑，「就去看看吧，不會再有人監視你們了，我先回房。」

「早點休息呢，你的氣色看起來很不好。」封說。

小虎點點頭。

「啊，忘記跟小虎說我們擔心的事了。」小虎的背影在轉角消失後，封才想起。

「不急，總有機會的。」任凱攬住她的肩膀，兩人並肩看著天空中的明月。他思索著小虎方才的態度，意識到他們必須趕快離開。

天平開始失衡了。

隔天，封和任凱在宅邸內散步，其間遇見幾個下人，都對他們流露出厭惡的神情。他們能體諒，畢竟這些人很可能有重要之人死於那場戰鬥。

兩人來到小虎所說的那座花園，美麗而寬闊的園庭令封不禁讚嘆。花園最外圍是一整圈樹木，園中有座巨大的噴水池，周圍用了許多花朵點綴，而看向天空時，還能望見整片蔚藍。

「這裡好美！沒想到有這麼棒的地方。」

封蹦蹦跳跳來到噴水池邊，池中央有座類似希臘神祇的雕像，但噴水池的池壁外側卻雕刻著龍，呈現出奇妙的中西合璧。

「兩極小姐。」一個聲音忽然傳來，封回頭望去，見到一名留著山羊鬍的老先生和他的僕從坐在噴水池另一邊的長椅上。

任凱立刻過去牽起封的手，擋在她面前。

他們認得這個人，是零派元老之一，術法相當厲害，那天召喚出了許多妖怪，一度讓他們陷入苦戰。

「別那麼警戒，主子都換了，我也沒有那麼不識趣。」他笑著，和公園裡的普通老人無異。

「然而兩極與瘟居然明目張膽地在我眼前如此親密，這還眞是諷刺啊。」老人站起身，由他的僕從攙扶著，邊說邊往出口走，「看來世界就快迎來末日了，好在我的人生也即將走到盡頭，我們這些下人只能遵從主子的命令，淒慘啊……」

封握緊任凱的手，惴惴不安，任凱給了她一個微笑。「別理他。」

「果然不是所有人都會服從小虎，如果他們也發起叛變怎麼辦？」

「不會的，他們已經元氣大傷。」任凱安慰著封。「好了，快去看看花啊，妳不是想看嗎？」

「是想看……」封遲疑地說。可是這麼悠閒好嗎？

「別亂想了啦，妳何時開始會在意周遭了？不是常常白目地不看氣氛嗎？」

「哼，我哪有，亂說！」封嘟起嘴巴，「對了，你想阿谷現在在做什麼呢？」

「居然是問阿谷，不是應該問喬子宥她們？」任凱故意裝作吃醋。

「子宥她們忘了我，一定能夠好好生活，但阿谷記得我們的事情，沒有你，他會不會很孤單？」

見到封擔憂的表情，任凱揉揉她的頭髮，「別擔心，阿谷那麼聰明，會找到自己的路。」說到這裡，他停頓了一下，「希望不要是歪路。」

「哈哈哈，應該不會啦，我有送給他一陣祝福的風。」

兩個人牽著手，在花園裡漫步，「你會不會想念任馨姊，還有你爸媽呢？」

「那妳呢？」

「一樣，他們能好好活著就夠了。」

「那我也一樣。」任凱把玩著封的手指，「今天這麼感性？」

「你才是，忽然對我這麼溫柔，害我不知道該怎麼辦。」封鼓著臉頰。

「難道妳希望我欺負妳？哇，原來妳是M啊，我都不知道！」任凱故意誇張地大聲說。

「才、才不是！不要那麼大聲啦！」封想遮住任凱的嘴巴，反而兩隻手都被任凱抓住。

兩人對望，封緊張得想別開目光，任凱卻將臉貼近她。

「不要躲。」

「可是……」封小聲說。

「沒有可是。」任凱柔柔地吻了封的唇，接著慢慢轉移至嘴邊，沿著她的臉頰輕啄。

「太、太多了，太多了啦！」封羞澀不已，不想讓任凱看見自己現在的表情。

「好吧，看樣子我也許是個S。」任凱輕笑，再次吻上封的唇，而後緊緊擁抱住她。

在任凱的懷中，封流下眼淚。

這個世界怎麼會如此美好？

傷害了這麼多人，她還能如此幸福。

對不起，我們的相愛也許會造成世界毀滅。

可是，給我們一點點甜蜜的時光，應該沒有關係吧？

如果到時候眞的不能再繼續下去了，我會欣然面對死亡。
所以神呀，我求求你，請別帶走我所愛之人。

「這實在是太誇張了，兩極與瘟公然親熱，這是何等的褻瀆……」元老會議上，山羊鬍老人氣憤難耐地說。
而小虎聽在耳裡，心如同被尖針刺著。
「罷了，這議題就此結束。」小虎說。
「虎主子啊，您不願意讓兩極誕下子嗣，至少也請除掉瘟！」
「是啊！若不除掉，必有後患啊！」
「這太荒唐了，要是她生下混沌，那世界就完蛋了！」
元老們你一句我一句，其中某句話深植於小虎心中。
要生下混沌必定得先肌膚相親，光是想像那畫面，小虎便怒不可遏。
「閉嘴，兩極與瘟之事我自有定奪！」
小虎一吼，所有元老噤聲。還能如何？只有這個辦法。
只要再多輪迴幾次，小虎就會變成零，如同族史上所記載的一樣。
零也曾經這樣保護過兩極，最後依舊無法壓抑嫉妒之情。

於是元老們閉上嘴巴，暫時閉上嘴巴。只要適時挑撥，便能讓事情按他們所希望的發展。

「還有何事要稟報？」小虎揉按著眉心，覺得疲累不堪。

「鬼界恭賀虎派成立，並希望能夠拜訪。」其中一人說。

「前些日子妖界才來訪，爲何鬼界又……」小虎不解。

「妖界盛傳，兩極還沒成爲容器，也就是說各界都尙有機會。」

「所以鬼界是想來分一杯羹？他們可知這世的瘟能驅使魔？將這個消息擴散出去，看還有沒有人敢動他們！」

「是……」元老們低頭。

「都離開吧，我累了。」小虎閉上眼睛，往後靠去。

所有人都離開後，獅爺端了杯熱茶來到小虎身旁。

「我的決定是對的嗎？」小虎沒有睜眼，也沒有改變姿勢。

「我不會懷疑您的決定，而您又爲何懷疑自己？」

「阿零是否也曾如此懷疑過？」

「我不明白您的意思。」獅爺將茶推到小虎面前，「喝一點吧。」

那有著龍紋的青色杯子，跟送給封的白色瓷杯是一對的，同樣是以麒麟的骨頭製作而成。

小虎喝了一口，覺得好了些，「封呢？」

「正與瘟在庭院練習。」

「練習？」

「她在練習如何更靈活地操控風。」獅爺停頓一下，「如今兩極小姐所使的風會伴隨著不同顏色的線，使得其他人也能看見風。」

小虎還記得大戰那天，包覆著自己的金色旋風。

他從沒看過以前的兩極使出這樣的能力，族史裡也沒有記載，因此他將這件事記錄下來，也許下一次轉世時能找到原因。

同時，他也經由族史得知了關於轉世的祕密。

「淨」是創立這個派系的人，似乎是修道成仙之人。他創立派系最初是爲了改善世界，但因緣際會獲得了兩極，得到強大的力量後，他便因貪圖力量而走火入魔，開始與各界爭奪兩極。

似乎也是因爲兩極的關係，淨在自然死亡之後，會保有記憶輪迴轉世。

之後，零作爲曾經的瘟，以被選上的人之姿出生。和小虎一樣，他爲保護兩極而殺了淨，原以爲只有這一世能保護兩極，卻發現自己繼承了淨的能力，帶著記憶不斷輪迴。

如今，小虎殺了零，因此轉世的詛咒理所當然轉移到小虎身上。

他將永遠記得自己愛著兩極，然後永遠活著。

這不是詛咒是什麼呢？

「我去看看她吧。」

小虎和獅爺來到庭院，見封正努力用風呈現出各種不同的顏色。

「現在有紅色、橘色、金色、藍色、黑色，這些顏色有什麼區別？」任凱沒有發現小虎的到來，專心研究著線的顏色。

「其實好像沒什麼區別，我使出來的風效果都相同，可是顏色卻不太一定。」封歪著頭。

任凱忽然親了封的臉頰一下，風瞬間帶著粉紅色的線迸出。

「你、你幹麼啦！」封羞惱地喊。

「封葉，妳是不是變胖了？」任凱看著她手中的線，隨口說。

「咦？怎麼可能！」線變成藍色。

「喔，我看錯了，妳只是臉圓。」

「任凱！」線轉為黑色。

「看樣子，線的顏色只是隨著妳的心情變化而已。」任凱下了結論。

「是這樣嗎？」封停下來，看著風裡的線。

「帶著線的話，風好像會比較凝聚，也比較有攻擊力，但同時敵人就會看得見妳的風。看看能不能弄出透明的線。」

「嗯，我再試試看。」

兩人持續討論著線的特點，小虎默默轉身回房。

「虎……」獅爺小聲地想叫住他，小虎卻快步離開。

他的心臟跳得劇烈，就如同那天在大廳看見任凱親吻封一樣。

他在嫉妒，對，他在嫉妒。

爲了這些早就知道的事情嫉妒！

回到屋內，他依舊止不住全身的顫抖，一氣之下把桌面的所有東西全掃到地上，接著忽然看見那放在櫥櫃裡頭，閃爍著紅色光芒的玻璃罐。

他下意識將罐子拿出來，是九夜留下的毒藥。

「殺了瘟，你就能和雨極在一起。」

九夜的話浮現在腦海，小虎捏緊了玻璃罐。

「就殺了他啊。」

一個聲音突然響起，小虎反射性併起劍指戒備，但房間裡除了他以外，並沒有其他人。

他冷汗淋漓。是錯覺嗎？

絕對是錯覺，怎麼可能出現「他」的聲音……

小虎拿著玻璃罐，來到庭院邊高高舉起，打算將這個會擾亂自己的東西徹底砸碎。

「你做得到的。」

「是誰！」小虎猛地轉頭，但除了他自己以外，依然沒有別人。

他的身周出現點點銀光，在屋內四處搜尋，「誰躲在這？」

「反正都殺了這麼多人了，還差一個瘟嗎？」

聲音來自他的後方，小虎回頭，那裡什麼也沒有。

只有一面鏡子。

鏡面反射出他自己的模樣，他卻覺得看見了零。

「殺了瘟，兩極就是我們的了。」

扭曲的自己、扭曲的情感，在鏡子裡張牙舞爪，喊出了他的心聲。

由於封認眞地想使出帶有透明線條的風，希望增強自身力量，所以任凱也沒閒著。他不操控鬼魅，而是更努力地試圖與心中的任炎對話。

他能藉由冥想與任炎接觸，但這相當耗費精神力，他必須做到可以隨時喚出任炎，而不是得透過長時間冥想。

就算眼下暫時太平，也必須上緊發條，他們能多活一天都是幸運。

任凱坐在庭院邊的緣廊上，封去泡溫泉了，他便利用這時候訓練自己的能力。

他仔細聆聽周遭的聲音，再一個一個過濾掉，從最大的風聲開始，接著是鳥的叫聲、再來是蟲鳴，然後是樹葉的沙沙聲，彷彿還聽得見昆蟲爬行的聲音，還有牠們觸角顫動的細微聲響。

而後，他想像現在已經天黑，讓眼前蒙上一片黑幕，隨即看見任炎就在那片漆黑之中。

不過光是進行到這裡，任凱便已經精疲力盡，他呼了一大口氣睜開眼睛，卻見到小虎站在眼前。

「哇！」他嚇了一大跳，差點從廊上跌下來。

「我不是故意嚇你的。」小虎微笑，手中端著一杯熱茶，「你似乎在冥想？怎麼，有收穫嗎？」

任凱打量了小虎一下，總覺得有種說不出來的怪異，可是又不能說不正常。

「是啊，還需要更努力才能達到我期望的程度，比想像中累人。」

「明明在我這裡絕對安全，爲什麼你還要練習能力呢？」

「總不能永遠依靠你……」

「你們永遠都能待在我這！」小虎倏地大聲說。

「怎麼了？」任凱皺眉。

小虎愣了一下，恢復笑容，「抱歉，我只是希望你們不要拘束，好不容易盼到了和平，沒必要讓自己隨時保持警覺，總該休息一下吧？」

任凱覺得不太對勁，「你是不是很累？」

「還好，應付得來。」小虎稍稍舉起手中的茶，「喝一些吧？」

「熱的？不了，大熱天的。」任凱看著天空中的豔陽。

「這是特製的杯子，能讓你恢復體力。」小虎說，將茶遞給他。

任凱想起封的白瓷杯也有這種效果，於是不疑有他接過。

「也好，這樣我可以多練習一下。」

就在任凱要喝下之時——

「還是別喝了。」小虎搶回杯子。

「怎麼了？」任凱狐疑。

「我看你流了這麼多汗，還是喝冷飲比較好。」小虎吩咐一旁的侍女準備冰涼的飲料。

「也是。」任凱挑眉，拿過毛巾擦汗，「我們一直待在這邊，眞的不會讓你爲難？我知道有很多聲音要求你怎麼做。」

「不礙事。」

「真抱歉，以前對你有諸多不信任。」

自從叛變結束後，任凱便讓所有鬼魅離開了，這是他信任小虎的表現。而且無論如何，那些鬼魅雖然不在了，他仍然擁有任炎這個心魔，必要之時，任炎會保護他們。

「沒關係，我還有事情要忙，先離開了。」小虎擺擺手，轉過身要走。

「小虎，我想先跟你說一件事。」任凱喊住他。

「嗯？」小虎沒有回身。

「我和封葉會離開這裡，就在最近。」

「爲什麼？有哪裡讓你們不滿意嗎？」

「我剛才說過了，會讓你爲難，況且我們該待的地方不是這。」

「我也說了，我並不爲難，離開了這裡，你有能力保護她嗎？」

「我有，你也看見我的能耐了。」任凱態度堅定。

小虎沒有回答，端著茶離去。來到所有人都看不見的轉角，他將茶倒入花圃之中，附近的植物瞬間枯萎變黑，茶水腐蝕了泥土。

他握緊雙拳用力朝旁邊一捶，柱子凹陷出一個小小的洞。

或許，他剛才不該把茶搶回來的。

第十章

櫻在前方奔跑，小虎則在後頭追逐。

可是兩人距離太過遙遠，他怎樣都追不上，這時櫻停了下來，轉過頭卻是封的臉龐。

接著任凱出現，封和任凱接起吻來，在小虎的面前纏綿。

小虎從夢中驚醒，這個夢似曾相識。

精神力衰弱到這等地步，是他始料未及的。他擦著身上的冷汗，來到倉庫前，翻開了零留下的記錄。

「日夜被惡夢所擾，是否爲詛咒的後遺症？所有回憶皆變得更加鮮明，讓人受盡折磨。」

看樣子，零也曾經歷過同樣的情況。

小虎沒料到詛咒會有這樣的後遺症，嫉妒之心越發強烈，甚至讓他起了殺機。

不，他不能輸給自己的私欲，他的初衷是什麼？就是爲了保護兩極啊！

小虎日夜與此對抗，然而就算他不去見任凱與封，關於兩極與瘟的一切還是會傳進他耳中。

那些甜蜜、那些熱烈，那些他與櫻曾有過的愛情，此刻都屬於別人。

小虎被反覆煎熬著，幾乎快要無法克制，如同被下了蠱一般，精神瀕臨崩潰。

尤其是——

他不知道那是自己的幻覺，或者眞的是零的鬼魅，也可能是詛咒帶來的假象。

他總會在任何反射得出影像的地方，看見自己的臉孔因嫉妒而扭曲，像極了零曾經的模樣，而且反射出的影像總是咆哮吶喊著。

殺了他、殺了他、殺了瘟——

接著，他腦海中會出現櫻，櫻注視著他，目光充滿愛意，隨後慢慢化爲封的模樣，看著他的表情不再帶有戀慕，轉而投往任凱的懷抱。

九夜隨後出現，那紅色玻璃罐仍舊閃閃發亮。

最終，某個帶著媚笑與戲謔眼神的女人會靜靜站在角落，一身豔紅的和服令人不安。

一切都在他的腦中反覆播放，如同漩渦般不斷循環。

所以，當眞正的紅葉出現在眼前時，小虎還以爲又是幻覺。

「虎呀，好久不見了呢。」

「妳為什麼能來到這裡？」小虎的視線顯得渙散。

紅葉嫣然一笑，「是您忘了解除對我們鬼女通融的結界，所以我們依然能自由出入。」

「妳來……做什麼？」小虎用力敲著自己的頭，覺得昏昏沉沉的。今天禮拜幾了？他有多久沒見到其他人了？

「您看過自己的臉了嗎？」紅葉反過來提問，環顧四周，「哎呀，這屋裡怎麼暗成這樣，鏡子也都被打破了啊。」

「零……是否……」

「零同樣曾經這麼痛苦過呀，所以我知道您總有一天也會如此。我在鬼女之村都能感受到您的嫉妒逐日滋長，嫉妒的情感，我們鬼女最了解了。」

「滾……」小虎已經被妒意折磨得虛弱不堪。

紅葉微笑著跪坐在他身邊，從振袖之中取出一顆小小的圓形結晶。

「我說過，為了報答您給予的自由，當您需要我時，我會來助您一臂之力。」

「那是什麼東西？」小虎感受到妖氣，「拿開！」

「這是般若之氣，還記得嗎？就是當年控制兩極朋友的般若。」紅葉把玩著結晶，「裡頭有強烈的嫉妒之心，能煽動您的情緒。」

「我不需要那種東西！」

「別抗拒呀，虎，您明知道該怎麼做，之所以遲遲下不了手就是因為太過仁慈。一旦嫉妒蒙蔽了您的雙眼，您便能無所畏懼，一旦無所畏懼，折磨您的嫉妒也就不再是威脅了。」紅葉的低語有如惡魔的呢喃。

被妖怪蠱惑這種事情何等荒謬？但小虎的心已經痛苦到無以復加。

這是詛咒嗎？這就是零體會過的地獄嗎？

他明明決定要保護這一世的兩極，並不求任何回報，可是上輩子愛著兩極的記憶不時在腦中浮現，那些相愛的曾經歷歷在目，異常鮮明，而眼前的封也是同樣的靈魂。

爲什麼她不記得了？爲什麼她愛上別人了？

爲什麼付出這麼多、爲什麼爲了她背棄自己今世所在的家族、爲什麼保護了她之後，她還要離開呢？

那男人爲她做了什麼？

因爲宿命所以相愛？太可笑了，他也曾經是她的宿命啊！

上輩子都約定好了，爲什麼今生卻不能愛他？

爲什麼、爲什麼、爲什麼被拋下的是他——

「我……我……」小虎止不住地顫抖，他覺得自己呼吸不到空氣，好像就要窒息，眼前逐漸變得黑暗，周遭所有聲音都在遠離。

「虎啊，不要抗拒，若有能力得到所愛，何不去搶奪呢？就如同您搶奪零的位置一樣，兩極的愛，也需要用搶的……」

魅惑的聲音鑽入小虎耳中，他只想要封再次對自己微笑，如果任凱消失，那封就會看著他，就會愛他了。

紅葉的瞳孔中映出小虎的臉龐，他自己的臉孔彷彿也在對他低喃一般，「接受吧、接受吧，殺了任凱、殺了他！」

於是，小虎接過般若之氣的結晶，將黑暗的嫉妒之心納入體內。

紅葉愉悅地笑著，化爲翩翩彩蝶消失。

而小虎的瞳孔變成深沉的漆黑，他斬斷了鬼女與這屋子的連結，覺得內心的許多疙瘩煙消雲散。

小虎無聲來到封的房間，示意藍兒離開後，他輕輕打開拉門，看著封睡得香甜的模樣。

他不會強行占有她，只是需要她安靜一會兒。

小虎想著，對封注射了局部麻醉劑，讓她癱軟下來，並要獅爺看緊她。

「虎……」獅爺察覺到小虎的異常，以及纏繞在他身上的妖氣。

「我知道自己在做什麼，不用擔心。」小虎冷著臉，「你只要讓封葉別來打擾我即可。」

「您確定做這件事眞的是出於自身意願嗎？」獅爺再次確認。

「你懷疑？」小虎挑起眉毛，「這才是顧全大局的方法。」

獅爺恭敬地低下頭，不再多言。

他轉過身，正要前往任凱的房間，卻看見任凱朝這走來。

「小虎，你怎麼在這？」

「我才想問，這麼晚了，你來這裡做什麼？」小虎瞇眼。

任凱感覺不太對勁，小虎的雙眼幾乎被黑色瞳仁占滿，加上獅爺一臉凝重站在後面，藍兒也不在這裡，他立刻警戒起來：「我來看封，而你又是爲了什麼？」

「這麼晚還來看封葉，你安的是什麼心？」小虎尖銳地質問。

任凱聞言頓時不悅，「封是我的女朋友，在這種地方，我隨時注意她的安危有何不妥？」

「這種地方？」小虎高聲重複，「這種地方可是保護了你們啊！」

「這是怎麼回事？獅爺？」任凱對獅爺喊，但獅爺只是退到封的房裡，聽從小虎的吩咐。

「你們對封做了什麼？」任凱衝上前。

小虎微笑，從掌心拉出鏈子揮向任凱。

「可惡！」任凱往左躲閃，隨便抓了附近的幾個鬼魅過來與小虎對抗，然而根本毫無用武之地，小虎輕輕一甩，那些鬼魅便煙消雲散。

「小虎，你在做什麼！」任凱又驚又怒。

「我在做我該做的事情！」小虎喚出貔貅。

他要殺了任凱，必須殺了任凱。

爲了世界和平，爲了虎派，爲了……爲了封葉，爲了愛她，爲了讓她能夠看著他。

爲了他自己，所以任凱必須死。

「怎麼回事！爲什麼我的腳……」封的聲音從房內傳來，拉門被打開，封全身無力，甚至必須用爬的才能勉強移動。

「兩極小姐！」獅爺在後面喊。

「我不是要你看好她嗎？」小虎吼著，獅爺馬上抓住封。

「不要！怎麼了？爲什麼小虎和任凱會……爲什麼要叫出貔貅？」封嚇得想釋出風保護任凱，卻使不出力氣，連風的能量都無法凝聚。

「過於疲累便沒有辦法施展風，同樣的，妳若是剛從睡眠中醒來，也沒法立即使用能力。」小虎微笑，「貔貅！殺了任凱！」

貔貅站在原地不動，眼神無比憐憫。被嫉妒蒙蔽了理智的小虎，連貔貅不殺人類這件事都忘了嗎？

當年的零，也曾經如此。

「好，你不動手，就也別插手！」小虎的鏈子已經變成黑色，宛如黑龍般擊中任凱，直入肩膀。任凱吃痛大叫一聲，忍不住跪了下來。

「不要！」封歇斯底里狂喊，「小虎，我求求你，不要傷害任凱！」

這話對小虎來說異常刺耳，可是他不在乎，痛苦很快就會過去，只要任凱死了，所有的愛都會隨著死亡與時間消散，到時候他就是封的唯一支柱，唯一選擇！

所以小虎毫不猶豫，鏈子再次往任凱甩去。

「小虎！我不想與你戰鬥！」任凱大喊，喚出任炎對抗襲來的鏈子。

「那就不要反抗！」小虎怒吼，他的理智被妒火燒盡，招招致命，他是真的想取任凱性命。

任炎從地底召出許多怪物，但都被貔貅所消滅，任炎雙眼腥紅，吐出許多詭異的綠色液體，凡被液體沾到的物品統統瞬間腐蝕，連貔貅都顯得相當忌憚。

而小虎的鏈子散發著漆黑氣息，他手上一拉，鞭子繃緊起來，宛如長劍般刺向任凱。

「不要！」封不想再次看見任凱倒在自己面前，已經稍微恢復行動能力的她用盡全力，拚命掙脫獅爺的壓制跌跌撞撞跑過去，在千鈞一髮之際整個人撲到任凱身前，黑色鏈子就這樣穿過她的身體。

「不！」任凱眼睜睜看著封吐出鮮血，崩潰地吶喊。

小虎一愣，抽回的鏈子上沾滿封的血跡，他渾身顫抖，不敢相信所見的一切。

「不、不可以打架……」封嘴裡都是血，任凱緊抱著她，不停掉淚。

「封、封，不要、不要啊……」他親吻著封的臉頰，伸手想止住她汩汩流出的血，卻怎樣都徒勞無功。

「我、我……」小虎看著自己染血的雙手，「我都做了些什麼！」

小虎抱著頭，他如此深愛著封，卻親手傷害了封！

這不光是因爲鬼女的般若之氣，也是因爲他自己內心的渴望，他希望任凱消失、希望自己是封的唯一。

所以他才會出手攻擊任凱，所以才會傷害到封！

「沒、沒關係，我不痛……」封吐了一大口鮮血，其實貫穿脾臟的鏈子讓她痛不欲生。

「不要說話！」任凱緊緊抱著封，「快點，快治好妳自己的傷啊！」

「我從剛才……就一直想要治療自己啊……」封無力地笑。

沒想到她最後還是走上了死亡一途。

可是，總比被妖怪吃了好，總比被零殺了好，總比當個人偶活一輩子好。

「小虎……不要哭，都是我的錯……」封流下眼淚。

是她的錯，不記得任何前世的事，不記得那些許過的誓言。

是她今生又愛上了別人，所以才會折磨小虎，才會折磨零。

全部都是她的錯，是她把小虎逼到這個地步。

「對不起，小虎……是我忘了你……」封終於說出口，淚流滿面。

小虎渾身顫抖，身周散發著點點光芒，他看著血流如注的封，看著任凱哭泣著擁抱封的模樣。

「不要啊！誰能來救救櫻！」他終於崩潰，神智錯亂。

所有事都陷入混亂，秩序全毀了。

這就是混沌，一切的一切都不對了！

「我願意用自己的所有換取兩極的生命，不要帶走她，不要……」小虎苦苦哀求貔貅，「求求你幫忙救救櫻，你有辦法的對吧？」

貔貅嘆息，看著眼前的悲劇，以及徹底崩潰的小虎。

接著牠往後一退，朝天空飛去。

「不要走！救救櫻，別讓她死！」小虎哭喊。

一幕幕回憶在腦海中百轉千迴，櫻的笑容、櫻的身姿，封飛揚的長卷髮，還有哭泣的模樣。

小虎已經搞混了，他要救的到底是櫻，還是封？

「我覺得好睏……好想睡……」封的雙眼幾乎快要閉上，她的四肢逐漸失去知覺，身體有點冷，又莫名有種溫暖的感覺。

「不准死，不准離開我！」任凱親吻著封漸漸冰冷的臉頰與唇，溫熱的淚水滴落在她的臉上。

「對不起，我的存在果然不是好事呢……」封撐起一個笑容，然後閉上眼睛。

「不！不要，不要！」任凱痛苦地大吼。

忽然，貔貅的前腳踏了過來，任凱和小虎詫異地看著這隻嘴裡含著一隻烏龜的神獸。

「是玄武……」小虎看著貔貅口中的小烏龜，驀然驚覺，「請您救救封葉！拜託您！」

貔貅鬆口，小烏龜在落地的瞬間變得無比巨大，其龜殼並非綠色，而是黑色，殼上的花紋浮動著，轉眼變成一條蛇。

原本纏著龜身的蛇滑向封，張口露出尖牙，幾滴透明液體流下，封的傷口神奇地逐漸癒合。

蛇慢慢縮回龜殼上，重新化爲花紋，而玄武也變回手掌大小的烏龜，貔貅含住玄武，再次往天上一躍。

「謝、謝謝您，謝謝您！」小虎和任凱不斷鞠躬道謝，同時封的臉色逐漸恢復紅潤。

「快點，快來人！」小虎喊著，這時下人們才敢從外面進來，「快去叫醫生，還有準備床鋪、毛巾和熱水！」

任凱抱著封不肯放手，帶著她回到房間。

一陣兵荒馬亂之後，封的心跳恢復平穩，身體也無恙，只是陷入了沉睡。

任凱鬆了口氣，全身虛脫，他緊握著封的手。

就差那麼一點，這雙溫軟的手便不復存在。

而小虎仍跪坐在原地。他到底做了什麼？

他無法原諒自己，無法原諒傷害封的自己。

「虎……」獅爺在他身後蹲下，「兩極小姐的情況已經穩定了，您要去看看她嗎？」

小虎抬起頭，臉上的神情滿是恐懼。

就連面對零，他也從來沒有恐懼過，此刻卻因爲傷害了封而感到害怕和絕望。

「我一定會再犯的！只要我還愛著她，只要她愛著任凱，我就一定會再傷害他們！」

他懂了，懂了零的心境爲何扭曲，因爲愛，所以恨啊！

那份愛最終成爲殺害兩極的理由，明明他們的愛曾經如此純粹，刻骨銘心。

「我不要成爲阿零，不能變成阿零，我是爲了保護她……才成爲當家的……」

小虎抓著獅爺，不斷顫抖。

獅爺說不出任何安慰的話，對精神崩潰的小虎而言，這種情況只有一個方法能解決。

「您是否……要消除對兩極那熾烈的愛的記憶？」

小虎瞠大雙眼。

「若消除了愛著兩極的記憶、消除了自己曾經是瘟的記憶，您是否就不會這麼痛苦？」獅爺哀傷地提議。

「你做得到嗎？」

「可以。」獅爺說。

「那就這麼做吧，消除那些記憶，我的愛如今只會傷害她！」小虎雙手緊緊抓住獅爺。

這一幕何其悲哀，立於頂點的他因爲愛而脆弱不堪，因爲嫉妒而受盡折磨。

「您……不先去見見兩極小姐嗎？」

「不需要了，我拿什麼臉見她？快消除我的記憶，快救救我吧！」

這是小虎這輩子第一次乞求，也是唯一一次。

獅爺的雙手覆蓋到小虎臉上，小虎流著淚。

「對不起，櫻。」

連我都要將關於妳的記憶抹煞了。

這麼一來，妳就眞正死去了。

唯一記著妳的我，是妳曾經存在於世界上的證明，如今就這樣完全消失。

櫻站在那裡，對小虎微笑。

封從床上起身，訝異地摸著自己的腹部，沒料到自己還活著。

她發覺自己的另一隻手被握著，視線一轉，見到略顯憔悴的任凱躺在身邊，用雙手緊握著她的手。

淚。

「任凱……」封輕聲呼喚，任凱猛然睜開眼睛，見封清醒過來，頓時掉下眼

「妳醒了……妳醒了！」任凱用力抱住封，讓她驚慌不已。

「任凱，你不要哭……」封回擁，兩人都用力得像是要讓對方融入自己體內。

「不准再這樣，從今以後都不准爲了保護我而受傷！」

封拚命搖頭。

「答應我！」

「不！我不會答應你，因爲我知道你也會爲了我這麼做！」封哭了起來，親吻任凱的脖子，「我們唯一能爲對方做的，就是好好活著……」

兩個人哭泣著、擁抱著、親吻著，體溫與眼淚證明了他們都還活著。

稍後，藍兒過來通報，小虎晚點會來探望封，任凱馬上提起戒備。

「沒事的，不會有事。」封安撫著他。

「那傢伙差點殺了妳！」

「他不是要殺我，小虎不會傷害我。」封難受地微笑。

「我不會離開妳身邊，如果他再次攻擊妳我，我會毫不猶豫殺了他。」

封握緊任凱的手。他們爲什麼會走到這個地步？

在小虎到來以前，獅爺先進入房內，他對任凱和封微微行禮，「虎已經……」

獅爺沒有繼續說下去，小虎隨後出現在門邊。他身穿白色長褂，白髮綁成小小

的馬尾束在頸側，看著封與任凱的眼神充滿歉意。

「兩極小姐，很抱歉錯手傷了妳。」小虎開口，任凱與封都大感震驚。

兩極小姐？

「你想殺了我們！」任凱擋在封的面前。

「不可否認，我似乎眞的那樣做了，但爲何會這麼做，我不太清楚。」小虎表現出深深的懊悔，「爲此，我感到非常抱歉。」

「小虎，你是不是怪怪的？」封瞪圓眼睛，察覺不太對勁。

「怪怪的？有嗎？」小虎歪頭微笑。

沒錯，有哪裡不一樣了。

他是小虎，又不是小虎，小虎的一部分不見了。

封忽然意識到什麼，不可置信地看著獅爺。

獅爺輕輕點頭，證實了封的猜測——

小虎失去了記憶，失去了曾經是瘟的記憶。

封忍不住流淚。小虎爲了她做了多少事情，犧牲了多少東西？

爲什麼她總是忽視、總是如此理所當然接受他的付出？

任凱也發現其中緣由，於是不再說話。

「小虎……」封站起來走向小虎，小虎卻後退一步。

「兩極小姐，礙於我們的身分，還是不要太過親近的好。」小虎有禮地表示。

那雙眼睛失去了情感。

一直以來，小虎都是依靠對兩極的愛支撐自身，如今少了這份感情，令他被掏空了一大半。

若要形容，現在的小虎就像是裝著不完整靈魂的容器。

當晚，封難過地在棉被中悶聲痛哭。

爲什麼兩人都活下來了，爲什麼他們找到了幸福的道路，卻踏在許多鮮血、卻踏在許多痛苦之上？

這條荊棘之路開滿了彼岸花。

沒有所有人都能得到幸福的選擇。

任凱陪在封的身邊，聽著她痛徹心扉的哭聲，只能輕拍她的背安撫。

總是溫柔微笑、毫不掩飾愛意的小虎已經永遠消失，只留下虎派的當家，虎。

微風徐徐，吹得枝葉沙沙作響，山林深處有一座美麗的宅院，典雅而低調。

此刻宅邸大門敞開，幾名男女站在門前，其中包括一名白髮白衣的男人。

「你們眞的要走？」小虎皺著眉頭。

稍早，封與任凱收拾好行李，向小虎表達了離開的決定。

「嗯，一直待在這麻煩你也不好。」封握緊任凱的手，微微顫抖著，這是她唯一的支柱。「況且我們在這裡，你卻沒有任何作爲，也會感到爲難吧？」

「不，怎麼會呢？」小虎扯扯嘴角，「既然我能不斷輪迴，在漫長的歲月中，我會讓零派……現在該說是虎派，慢慢變成保護兩極的派系。」

「不用勉強，我們也成長到能照顧自己了。」任凱看著小虎，「你已經爲我們做得太多。」

「是嗎？我的記憶中似乎有空白之處。」小虎無奈地笑，看向旁邊的獅爺，「我想我一定有要求要消除些什麼吧。」

「您若想取回，在我有生之年隨時都能拿回。」獅爺間接回答。

「不了，既然我會選擇捨棄，便代表不重要，或是非常重要。」小虎聳聳肩，堅定地看著封，「但我記得自己一生的願望，就是保護兩極。」

封的眼眶再次凝聚淚水，縱使有千言萬語也無法說出口。

她只能上前擁抱小虎，「謝謝你，眞的謝謝你所做的這一切。」

小虎先是一愣，然後看著任凱，有些猶豫。

任凱聳聳肩，視線投向別的地方。

於是小虎也伸手環抱住封，這份溫柔與莫名的懷念，以及屬於封的溫度與氣息，他會永遠記在心中。

愛，如光如水，無聲的情感在兩人之間流動，這一刻不需要言語。

封和任凱離開樹林，一隻巨獸忽然間從天而降，擋住他們的去路。

「貔貅！」

貔貅在兩人身邊轉了一圈，最後在他們眼前站定。

「你是來爲我們送行的嗎？」封咬著下唇，忍著不要再掉眼淚，「讓小虎變成這樣，我眞的很……」

「人類眞是有夠愚蠢。」貔貅驀地開口，讓兩人都嚇了一跳。

「你會說話？」

「區區人類語言，吾等神獸自然通曉。」貔貅斜睨，「訝異，今世竟是這般結局。」

牠甩甩尾巴，「此生想必不會再相見，有些話也許該告訴汝等。」

「什麼話？」

「吾分明身爲神獸，卻甘願受人類驅使，汝等從未想過原由？」

「這……」任凱搖頭，這點小虎也沒提過。

「瘟與兩極乃是天界之物，盤古開天闢地之說僅流傳於人界，然而天界的存在根本與盤古無關。汝等落入凡間，靈魂已習慣跟隨人類、攀附人類，沾染了人界氣息，因此再也無法返回天上。吾的出現，不過是爲了觀察兩極與瘟在人界的動向，定期回報給天界。隨著人類文明越發進步，類似吾等這些上古傳說都會逐漸消失，雖然依舊存在，卻不再與下界產生交集，汝等將會成爲眞正的人類，死生一次，永世輪迴。」

面對貔貅一口氣說出的大量資訊，封與任凱一時無法消化。

「兩極與瘟的存在不是會帶來毀滅嗎？」

「所謂的毀滅爲汝等人類所言，看看現在，如此結果何嘗不是毀滅？」貔貅輕蔑地笑。

歷來各界爭奪兩極，哪一次不是血流成河？

「你的意思是？」

「人類因愛而偉大，也因愛而墮落，由於愛著兩極，曾經的瘟不都因嫉妒犯下無法挽回之過？這何嘗不是一種毀滅？」

兩極的現世總是伴隨著無數犧牲，但這是誰造成的？不都是爲了一己私利的妖怪、鬼魅以及人類嗎？

「兩極的誕生造成了秩序的混亂，各方妖物齊聚人界，導致磁場錯亂，進而影響人界的星象，並帶來災難。尤其當瘟同時出現，各界更是無所不用其極在人間殘害生命，這不就是混沌嗎？」

這番話讓任凱心生一絲希望，「也就是說，兩極與瘟的結合並不會產生混沌是嗎？」

貔貅用鼻子哼了一聲，甩甩尾巴。

「那是什麼意思？」封聽不太懂。

「如果一切都是人類自說自話，那也許我們對兩極與瘟的認知全是錯的，所謂的毀滅與混沌和我們以爲的不一樣。」任凱皺著眉。

「兩極可以誕下瘟的子嗣而不成爲容器，與人類結合生下孩子卻會變成容器，這不就表示兩極與瘟才是最般配的？這麼簡單的道理，鬼仙、妖仙甚至是魔都明白，這也是他們不爭奪兩極與瘟的原因之一。」貔貅冷冷地說。

「所以，我們的相愛不會傷害任何人？」封問。

「汝等可曾是天界之物，能造成什麼傷害？全是因爲各方的貪念，引發爭奪而造就血腥，不過對天界來說，這一切都與吾等無關。」

貔貅甩甩頭，往上一躍，消失在空中，只剩下聲音迴盪著：「下輩子見了，任凱。」

聽到貔貅以「任凱」而不是「瘟」稱呼，任凱不禁一凜。是否在很久很久以後，他也會像小虎那樣，因爲對兩極的愛而傷害兩極？

貔貅就這樣看著悲劇的輪迴，或許這正是毀滅的體現之一。

若貔貅說的話是眞的，那爲此爭奪了千年的人類與妖怪們有多可笑？一世又一世以來，持續被追殺的兩極與瘟又多麼無辜？

封落下眼淚，和任凱緊緊相擁。

也許他們終於找到了那一絲絲光明，那條通往幸福的道路。

他們踏上屬於自己的旅程。

也許他們的命運終究不會從此沒有波折，也許下一世的兩極與瘟依舊逃不過被追殺的命運。

可是，就如貔貅所說，隨著人類文明的進步，各界的分隔會更加明顯，遺落在人間的兩極與瘟，總有一天會眞正成爲普通的人類。

總有一天，這些傳說都會消失在人海。

這陣風，總會停歇的。

當風止息時的那天，便是所有人獲得幸福的那天。

（全文完）

後記　帶著遺憾的，是最好的結局

《當風止息時》系列在此完結，最初完稿的時候，我就一直希望能夠快點出版完畢，等你們都讀過後，我想要和大家討論，結局有沒有意想不到？有沒有感動？有沒有因此難過？

可是當眞的即將要出版最後一集時，又不禁覺得，一年的時間居然就這樣過去了，與封和任凱相處了這麼久，如今要邁向完結，還眞的挺捨不得的。

不過孩子長大了，還是得放手讓他們走（？），很高興你們能一路陪伴到這邊，也謝謝思涵與馥蔓。

關於《當風止息時》的結局，大家喜歡嗎？

對我而言，這系列是個很特別的故事，除了第一集讓人完全想像不到後來會是這樣的劇情之外，我還描寫了許多妖怪、鬼魅的樣貌，以及戰鬥場景。寫戰鬥場面時非常疲憊，會覺得自己腦中彷彿也有人在打架一般，不過當我寫完後回去重看，卻非常喜歡這些橋段。

我本來設想了兩種結局，最後採用的版本卻跟當時想的都不一樣。寫故事寫到後來，情節總是會自行發展，超出原先的預想，但又讓人覺得這才是這個故事以及角色會選擇的路，這是一個非常不可思議的體驗。

既然故事已經完結，我們就來聊聊這些角色吧。

關於任凱和封的朋友與父母，因爲封的離開，他們被消去了記憶，所有恐懼與痛苦的經歷都不復存在，同時也失去了快樂的回憶，但他們終於能夠眞正安全。

關於谷宇非，也就是阿谷，他是唯一保有完整記憶的人，但同時也是離危險最遠的人。他最後一次與封見面時，問了「你們是人類嗎」，因爲阿谷心中或多或少知道任凱與封的不合常理。雖然他最討厭不科學的事情，然而當這一切完全遠離他之後，那些事件便只存於他的心中，他沒有可以分享的對象，也沒有人會相信。這樣似乎有點寂寞，不過阿谷最大的心願，就是任凱與封兩人能夠幸福平安。

關於九夜，她是個悲傷的角色，背負著許多遺憾與懊悔。努力了這麼久，即便這一世看似有了比較好的結局，但她還是會繼續努力。她將永遠隱身於暗處守護不斷轉世的兩極，只爲了存在於記憶中的可憐妹妹，也許眞的要等到世界毀滅那天、等到兩極不再是兩極，九夜才能解脫。

關於獅爺，他擁有令人動容的忠誠，不惜背棄家族、手刃親父，也只認一個主人，這談何容易？在故事的結尾，他帶走了小虎的部分記憶，看著小虎爲了愛變成另一個人，他的內心又何嘗好受呢？

關於零，一直以來神祕莫測的零派當家總是從容不迫，看起來一切都在他的掌握之中，可後來我們才知道，他也曾經是瘟，零曾和任凱一樣與兩極相愛、被追殺，也曾與小虎一樣，爲了保護兩極而推翻淨，成爲當家。然而，伴隨著愛而來的嫉妒終究啃噬掉零的理智，這是一個詛咒的循環，所以才會說瘟帶來災厄。最終，零的死亡帶著悲哀的喜悅，他想看見小虎如同自己那般爲愛生不如死，死亡對他來說其實是種解脫。

關於小虎，我想大家一定很心疼他，我也十分心疼這個角色。夾在任凱這個現任的瘟以及零這個曾經的瘟之間，他的過去與未來都擺在眼前，他幾乎是靠著對櫻的思慕苦撐下來。小虎愛著兩極，到最後卻無法分辨自己愛的到底是誰，即使靈魂相同，封和櫻仍是不同的兩個人。選擇遺忘那份愛，對他而言是最好的結局，在故事的尾聲，小虎對封說的那句話極盡溫柔：「我會慢慢把虎派變成保護兩極的派系。」（淚炸）

關於任凱，我們的男主角，今世的瘟。他希望自己未來不會變成小虎，然而這輩子還沒過完，離開小虎庇護的兩人依舊是各界的目標，不過他們已經強大得可以保護自己，也不再是單打獨鬥，還擁有盟友。最重要的是，他的身邊有封，也許他們這一世眞的可以證明，兩極與瘟相愛並不會招致毀滅。

關於封葉，我們親愛的女主角，她得到了許多人的愛，每一世的兩極都有不同人的愛，可是這份愛對封葉來說是沉重的，因爲她不記得任何事。她只能選擇好好愛著任凱，想辦法活下去是這一世的她最該做的事。即便發現小虎和零與自己都有一段過去，她也只能裝作不知情，甚至連九夜她都傷害了。

幸好，在無數的悲劇之中，任凱與封葉仍然牽著手。

能夠完成這樣的故事，我覺得非常開心，雖然我甚至忘了自己是怎麼寫出這個故事的，但如此帶著遺憾的結局，我認爲是最好的結局。

謝謝你們，謝謝編輯們，謝謝任凱與封葉，謝謝小虎。

喔，當然還要謝謝神獸貔貅嘍！

Misa

國家圖書館出版品預行編目資料

當風止息時．5，忘卻的思念／Misa著. -- 初版. --
臺北市；城邦原創出版：家庭傳媒城邦分公司發
行, 民 105.08
面；公分

ISBN 978-986-93420-3-2（平裝）

857.7 105015118

當風止息時 05 忘卻的思念（完）

作　　者／Misa
企 畫 選 書／楊馥蔓
責 任 編 輯／陳思涵

行 銷 業 務／林政杰
總　編　輯／楊馥蔓
總　經　理／伍文翠
發　行　人／何飛鵬
法 律 顧 問／台英國際商務法律事務所　羅明通律師
出　　版／城邦原創股份有限公司
台北市中山區民生東路二段 141 號 6 樓
電話：(02) 2509-5506　傳真：(02) 2500-1933
E-mail：service@popo.tw
發　　行／英屬蓋曼群島商家庭傳媒股份有限公司城邦分公司
聯絡地址：台北市中山區民生東路二段 141 號 11 樓
書虫客服服務專線：(02) 25007718・(02) 25007719
24小時傳真服務：(02) 25001990・(02) 25001991
服務時間：週一至週五09:30-12:00・13:30-17:00
郵撥帳號：19863813　戶名：書虫股份有限公司
讀者服務信箱 email：service@readingclub.com.tw
城邦讀書花園網址：www.cite.com.tw
香港發行所／城邦（香港）出版集團有限公司
地址：香港灣仔駱克道 193 號東超商業中心 1 樓
email：hkcite@biznetvigator.com
電話：(852)25086231　傳真：(852) 25789337
馬新發行所／城邦（馬新）出版集團 Cité(M)Sdn. Bhd.
41, Jalan Radin Anum, Bandar Baru Sri Petaling,
57000 Kuala Lumpur, Malaysia.
電話：(603) 90578822　傳真：(603) 90576622
email:cite@cite.com.my

封 面 插 畫／Izumi
封 面 設 計／黃聖文
印　　刷／城邦印書館股份有限公司
電 腦 排 版／陳瑜安
經　銷　商／高見文化行銷股份有限公司
客服專線：0800-055-365　傳真：(02)2668-9790

■ 2016 年（民 105）8 月初版
Printed in Taiwan

定價／230元

ISBN 978-986-93420-3-2

POPO城邦原創 www.popo.tw　城邦讀書花園 www.cite.com.tw